부부로 살기로 했다

아내와 남편이 함께 읽어야 할 책

부부로 살기로 했다

김옥림 지음

미래문화사
MIRAE

부부로 살기로 했다면

사랑에 빠진 사람들의 눈은 어린 사슴처럼 순하고 들꽃처럼 순수하고 깊은 산속 샘물처럼 맑고 투명합니다. 사랑을 하면 마음이 맑아지고 영혼이 순결해지기 때문입니다. 그래서 사랑하는 사람들은 서로 바라보기만 해도 행복하고 마음이 밝고 따뜻해집니다. 이토록 아름다운 사랑을 통해 맺어진 부부는 사랑의 완성품입니다.

그런데 이토록 아름다운 사랑의 완성품인 부부가 서로를 배려하지 못하고 불신하고 투정을 부림으로써 관계에 금이 가고 급기야는 깨져버리는 일이 나날이 늘어나는 것이 우리의 현실입니다. 그러나 이런 가운데서도 눈물겹도록 눈부신 사랑을 만들어 가는 사람들이 있습니다.

이 책엔 사랑을 실천하며 행복하게 살아가는 사람들의 이야기와 가슴 에이는 절절하고 간절한 사랑 이야기들이 있습니다. 20여 년 동안 전신장애의 남편을 내 몸보다 더 소중히 여기며 화가의 길을 걷게 한 아내의 헌신적인 사랑 이야기와 죽음도 함께하기로 한 60년 전의 약속을 지킨 영원한 사랑 이야기, 달려오는 차에 뛰어들어 사랑하는 아내와 아기를 구하고 죽은 희생적인 남편 이야기와 보지도 말하지도 못하는 한국인 남편을 위해 위대한 사랑의 힘을 보여준 일본인 아내의 이야기, 장애인 부부의 깨끗처럼 맑고 순수한 동화 같은 사랑 이야기가 까만 밤하늘을 수놓은 듯 하얀 별빛처럼 반짝이고 있습니다. 이외에도 사랑의 존엄함과 신성성을 보여주는 19편의 이야기가 명철한 철학적 사유와 정곡을 찌르는 코멘트로 사랑의 감동을 전하고 있습니다.

귀중한 사랑은 혼자서는 만들 수 없습니다. 부부로 살기로 했다면 반드시 둘이 하나가 되어 서로를 행복한 인생으로 코디하며 만들어 가야 합니다. 노력 없이 행복한 인생이 되길 꿈꾸지 마십시오. 노력 없이 이루는 사랑은 오래가지 못합니다. 서로를 아낌없이 사랑하는 최선의 사랑을 하십시오. 그런 사랑이 가장 빛나고 위대한 사랑입니다.

이 책을 쓰는 데 있어 취재에 응해준 탁용준, 황혜경 부부를 비롯한 여러분들의 행복을 기원하며 감사드립니다.

김옥림

Contents

- STORY 1 -

지금 이 순간, 최선을 다해 사랑하라

- STORY 2 -

함께여서 더 아름다운, 인생의 기쁨

당신은 이 세상의 모든 것

당신은 이 세상의 모든 것
내 안에 당신이 찾아온 후
당신은 내 생의
의미가 되었습니다.

나의 꿈과 행복
나의 모든 것들은
당신을 향해 열려 있고
내 일상의 자리마다
당신은 늘 중심이었습니다

그 어느 순간에도 당신은
내 마음에서
한 번도 떠난 적이 없었고
나 또한 내 안에서
당신을 잊어본 적이 없습니다

당신이 나와 함께한 시간은
매 순간이 내겐
너무도 소중하였습니다

내가 살아가는 동안
난 당신의 사랑 안에서
나의 보람된 세월을 위해
우리의 빛나는 이상을 위해

모든 것을 참으며
모든 것을 믿으며
모든 것을 다 바쳐
나아갈 것입니다

당신은 이 세상의 모든 것
그 어느 순간일지라도
내가 살아가야 할
빛나는 소망입니다

- 김옥림

지금 이 순간, 최선을 다해 사랑하라

부부란 모자라는 것은 서로 채워주며 함께 가는 생의 동행자입니다.
지금 곁에 있는 그 사람을 있는 그대로 사랑하십시오!
사랑에 나중은 없습니다. 지금 이 순간만이 있을 뿐입니다.

결정적인 순간엔 한발 물러서서 생각하라

서로를 측은하게 여기기

부부 사이에는 서로를 자애롭게 여기는 마음이 필요합니다. 처음 연애할 땐 "내가 이 세상에 태어난 것은 오로지 널 만나기 위해서야", "너는 없어서는 안 될 내 인생의 비타민이야", "난 요즘 널 만나는 즐거움으로 살아. 이런 내 맘 알아?", "어젯밤에도 네 꿈 꿨어. 단 1초라도 널 안 보면 못 살 것 같아. 나 어쩌면 좋아", "아무리 생각하고 생각해봐도 역시 자기는 내 운명이야" 하면서 온갖 방법을 동원해 알랑방귀를 꿔대며 상대를 감동에 젖게 합니다.

어디 그뿐인가요. 돈이 없으면 '달러 빚'을 내서라도 선물 공세를 펼치며 상대를 자기 안으로 끌어들이려고 갖은 술수를 다 씁니다. 그 모습은 수사자가 발정 난 암사자에게 얻어맞으면서도 졸졸 따라붙는 모습과 조금도 다를 바 없습니다. 그런 걸 보면 사랑이 사람의 눈을 멀게 하긴 하는가 봅니다.

하긴 내가 아는 어떤 여성은 마흔이 넘도록 나 홀로 씩씩하게 살면서 주변 사람들에게 독신주의의 이점을 침까지 튀겨가며 설파해 왔는데, 어느 순간 한눈에 "뿅!" 가는 사람을 만나더니 슬리퍼 짝 바꿔 신은 줄도 모르고 "오, 마이 달링!" 하고 달려가더군요.

사랑에 눈이 멀면 뵈는 게 없다는 건 경험자들은 다 알 겁니다. 어쨌든 사랑 앞에 큰소리칠 것 못 되고 잘난 척할 것 못 됩니다. 언제 어떻게 변할지 모르는 게 남녀관계입니다.

그런데 문제는 이토록 침 질질 흘려가며 만난 사랑도 아무것도 아닌 일로 육박전을 벌이고 100년 전에 원수라도 진 듯 길길이 뛰면서 서로에게 상처 주는 말만 골라 해댑니다. 상처 주는 말들은 어쩌면 그렇게도 잘 주워섬기는지. 그런 언어의 순발력을 글 쓰는 데나 썼으면 벌써 시인 되고 소설가 되고도 남았을 것입니다.

정말로 참기 힘들 땐 서로를 불쌍히 여기는 마음을 가져보십시오.

"저 남자가 나를 만나지 않았더라면 더 행복했을 텐데", "저 여자가 나를 만나지나 않았으면 더 좋은 남자 만나 더 잘 먹고 잘살 텐데……." 하고 맙니다.

사람이란 생각하는 동물이 아니던가요? 그처럼 생각하는 머리 놔두고 왜 나쁜 말만 골라 벅벅대는지요. 지나가는 개도 안 웃는 일인데……. 앞에서 말했듯이 서로를 자애롭게 여기십시오. 그러면 분명 무언가 달리 생각하게 될 것입니다.

감정 조절을 잘하는 습관

열 받을 일이 생기면 사람에 따라 다양한 반응을 보입니다. 그 반응 형태를 몇 가지 유형으로 나누어보면 첫째, 어떤 이는 대놓고 큰소리를 치고 욕설을 퍼부어댑니다. 아무것도 모르는 철부지 떼쟁이처럼 말입니다. 이런 타입은 다혈질에 매우 감정적이고 이성적이지 못한 인간형입니다.

둘째는 그 누구에게도 말 못 하고 혼자 씩씩거리며 투덜거리는데 자신의 감정을 조금은 조율할 줄 아는 인간형입니다.

셋째, 이 사람 저 사람 닥치는 대로 열 받은 일에 대해 쏟아놓습니다. 그래놓고 나중에 자신이 한 일에 대해 후회하는 인간형입니다.

넷째, 아무 생각 없이 행동으로 몰입하는 사람입니다. 눈에 띄는 대로, 손에 잡히는 대로 마구 집어던지고 부수는 인간형입니다. 이런 타입은 네 가지 유형 중 가장 경계해야 할 폭력형 인간입니다.

이러한 편차는 개개인의 성격과 교육의 차이에서 오는 것입니다. 이럴 때 감정을 잘 조절하는 습관을 가지는 것은 자신이나 타인을 위해서도 매우 바람직한 일이지요.

내가 아는 어떤 이는 남 앞에선 아무렇지도 않게 있다가 아내와 둘만 있게 되면 속을 있는 대로 긁어놓아 아내의 머리에서 김나게 만드는 데 탁월한 재주를 가지고 있습니다. 남들 눈엔 매우 이성적이고 넉넉한 사람으로 보일지 모릅니다. 그러나 이런 타입의 인간은 아주 고질적이고 복합적 지능적인 감정의 소유자로서 경계하지 않으면 언제 어떻게 변할지 모르는 위험한 대상입니다.

감정 조절을 잘하는 것은 인간사회에서 매우 중요한 능력입니다. 감정을 어떻게 조율하느냐가 그 사람의 품격을 말해주는 바로미터이기 때문입니다.

만약, 당신이 열 받아 머리에서 뭉게뭉게 김이 나고 목구멍이 근질거리며 쌍말이 튀어나오려고 할 땐 즉시, 하나에서 스물까지 세며 참으십시오. 그래도 안 되면 한 번 더 세십시오. 그러면 감정이 차분해지며 좀 더 냉정한 판단을 하게 될 것입니다. 이런 감정 조절 습관은 부부 사이는 물론 사회생활에도 큰 도움을 주지요. 특히, 부부 사이에 있어 적극 활용해야 합니다.

은영과 용주는 31살 동갑인 결혼 2년 차 부부입니다. 둘은 대학 때 동아리 활동을 하며 사귀게 되었고 5년 열애 끝에 결혼에 골인하였습니다. 둘은 그야말로 죽고 못 사는 닭살 오두방정 부부입니다. 그들은 옆에 누가 있든 없든 안면몰수하고 자신들의 뜻대로 애정행각을 벌이는 아주 배짱 좋은 부부지요. 주변 사람들이 보다 못해 눈총을 팍팍 쏘아대도 눈 하나 깜짝 안 하고 자신들의 목적을 신속하게 달성하곤 했습니다. 친구들이 눈꼴시어 못 보겠다고 하면 얼굴색 하나 변하지 않고 콧대 팍팍 세워가며 "야, 부러우면 솔직히 부럽다고 해. 그리고 너도 남자 하나 잘 골라잡아 시집이나 가." 하고 당당하게 말했습니다.

　그러던 그들이 별거에 들어간 지 벌써 6개월이나 되었습니다. 별거 전 언제부터인지 그들은 서로에게 지지 않으려고 사사건건 부딪혔습니다. 주도권을 차지하려고 싸우는 맹수들처럼 서로 으르렁거렸습니다. 그러니까 6개월 전 어느 날 친정 일로 둘이 티격태격하다 급기야는 막말을 하더니 서로 막 나가는 사태에 이르렀습니다.

　"어구, 그 꼴에 남자라고 뻑뻑대기는……."

　"뭐? 그 꼴에 남자가 뻑뻑대? 야, 너, 너는 어떻고? 주제에 여자라고 콧대는……."

　"왜 나 콧대 높은 거 이제 알았냐? 넌 여태 그것도 모르고 날

다 안다고 했니? 아이고 그래놓고 남편 노릇 하려고 했어? 아이고 야야, 부끄러운 줄이나 알아라."

"이게 정말, 보자보자 하니까. 못 하는 말이 없어?"

약이 오를 대로 오른 용주는 얼굴색이 붉으락푸르락, 독이 오를 대로 오른 멧돼지처럼 씩씩거렸습니다. 그런 용주의 모습을 꼬나보며 은영은 연신 흥흥거렸습니다.

"왜, 한 대 치려고? 쳐봐."

은영은 독이 오를 대로 오른 용주에게 더 바짝 약을 올려댔습니다.

"이게 미쳤나 정말? 야, 차은영, 너 죽고 싶어?"

용주는 2미터 간격으로 침까지 팍팍 튀겨가며 오른팔을 들고 마구 흔들어댔습니다.

"어이구 그래? 이젠 안 하던 짓거리까지 하려고 구네. 너, 팔을 그냥 내려놓으면 병신 쪼다야. 알았어?"

"이게 보자보자 하니까 머리 꼭대기에서 놀아나려고 해!"

용주는 이렇게 말하며 은영의 뺨을 갈겼습니다. 그 순간 앙칼진 소리가 나더니 은영도 용주의 오른뺨을 찰싹 갈겨댔습니다. 그리고 서로 붙들고 육박전에 공중전에 난리 블루스를 쳐댔습니다. 그리고 다음 날 기약 없는 별거에 들어갔습니다.

처음 얼마 동안은 둘 다 홀가분함을 느끼며 콧노래까지 불렀습니다. 그런데 이상한 일이었습니다. 시간이 지나면 지날수록 서로를 원수같이 여기던 그들은 상대가 그리워졌습니다.

"참 이상한 일이야……. 그 웬수가 왜 이리도 생각나지."

은영의 마음은 깨진 항아리마냥 마음이 뻥 뚫린 듯 허전하였습니다. 외로움에 친구들과 수다를 떨고 노래방을 가고 주말에 여행도 갔지만 그러면 그럴수록 그녀의 가슴은 용주로 가득 찼습니다. 너무도 외로운 날엔 술을 마셨고 그 술기운에 잠들곤 했습니다. 그러나 잠에서 깨고 나면 언제나 혼자인 자신을 발견하고 소스라치곤 했습니다. 지독한 외로움은 그녀를 고독의 숲으로 끌고 들어가 가슴을 마구 휘저어놓았습니다.

용주 또한 마찬가지였습니다. 헤어지고서 속이 시원할 정도로 얄밉던 은영이 보고 싶어 미칠 지경이었습니다. 그녀에 대한 그리움은 저문 산 그림자처럼 깊어만 갔습니다. 그 역시 친구들을 만나 술을 마시고 취해 떠들어댔지만 그때뿐이었습니다. 은영이 너무 보고 싶을 땐 지갑에서 그녀의 사진을 꺼내 들고 정신없이 바라보았습니다. 사진 속의 은영은 환하게 웃고 있었습니다. "은영아" 하고 부르면 금방이라도 사진 속에서 걸어 나올 것만 같았습니다. 그럴 때 그의 가슴은 천 갈래 만 갈래 찢어지는 듯 너무도 고통스러웠습니다.

'은영아, 보고 싶다. 어떻게 전화 한 통 없냐?'

용주는 넋두리를 하며 잠이 드는 날이 점점 늘어만 갔습니다. 정말 이상한 일이었습니다. 그렇게도 보기 싫던 은영이 끔찍이도 보고 싶었습니다.

둘 사이에는 점점 더 그리움이 깊어만 갔습니다. 그러나 어느 누구도 먼저 전화를 걸지 않았습니다. 서푼짜리도 못 되는 자존심 때문에 그렇게도 보고 싶어 하면서도 먼저 전화를 걸지 못했던 것입니다. 그들은 어쩔 수 없는 일이 있을 때만 한 달에 두어 차례 전화를 했을 뿐 개인적인 일로 전화한 적은 한 번도 없었습니다.

밥맛도 잃었습니다. 친구들을 만나 어울리지도 않았습니다. 술도 마시지 않았습니다. 그래 봐야 아무 소용없다는 것을 너무도 잘 아는 까닭입니다.

그러던 어느 날 퇴근을 하던 용주의 발길이 자신도 모르는 사이 어느 카페에 다다랐습니다. 그는 문을 열고 들어가 한쪽 구석 창가 자리에 앉았습니다. 그리고 차를 시켰습니다. 차가 나왔지만 그는 차를 마실 생각은 않고 턱을 괸 채 하염없이 창밖을 바라보았습니다. 얼마를 그러고 있는데 낯익은 목소리가 들렸습니다.

"용주 씨!"

그는 자신의 귀를 의심했습니다. 그 목소리의 주인공은 바로 은영이었습니다. 용주는 고개를 들고 그녀를 쳐다보았습니다. 그렇게도 보고 싶었던 은영이 눈앞에 서 있었습니다.

"으, 은영아⋯⋯."

그는 이렇게 말하며 자리에서 벌떡 일어났습니다. 둘 사이에는 잠시 침묵이 흘렀습니다. 그러나 곧 어색함은 사라지고 서로를 응시하였습니다. 둘은 자리에 앉았습니다.

"그동안 별일 없었니?"

용주가 말했습니다.

"응, 자기는?"

"나, 나도⋯⋯."

용주는 더듬거리며 말했습니다.

"근데 여긴 무슨 일로?"

은영이 말했습니다.

"그냥⋯⋯. 자기는?"

"으응. 나도 그냥⋯⋯."

둘 사이에 잠시 침묵이 흘렀습니다. 6개월 만에 만나서인지, 부부인 그들 사이가 왠지 서먹서먹했습니다.

"얼굴이 많이 안 좋아진 것 같아."

은영이 말했습니다.

"자기도 안 좋아진 것 같은데……."

용주는 뒷머리를 쓸어내리며 말했습니다. 은영의 약간 통통했던 얼굴이 살이 빠져 갸름해져 있었습니다. 순간 용주는 가슴이 찡해졌습니다. 모두가 자신의 탓인 것만 같았습니다. 생각 같아서는 손이라도 잡고 싶었습니다. 하지만 그건 마음뿐이었습니다.

"뭐 좀 먹을래?"

용주가 말했습니다.

"그, 그럴까?"

은영이 더듬거리며 말했습니다.

은영의 말이 떨어지기 무섭게 용주는 직원을 불러 그녀가 좋아하는 파스타를 시켰습니다. 잠시 후 음식이 나오고 둘은 음식을 먹었습니다.

"저……, 와인 한잔 할래?"

"그럴까?"

용주의 말에 은영이 흔쾌히 말했습니다. 와인이 나왔고 둘은 이야기를 하며 와인 한 병을 다 비웠습니다. 은영의 얼굴이 샹들리에 불빛 아래 발그레 물들었습니다. 그 모습이 꼭 처음 만나 데이트를 즐기던 대학 2학년 때 모습 같았습니다. 그때 은영은 정말 예뻤습니다. 용주가 이렇게 생각하는데 은영이 "안 갈 거야?" 하고 말했습니다.

"가, 가야지……."

용주는 이렇게 말하며 자리에서 일어났습니다. 은영도 따라 일어났지만 술기운에 약간 휘청거렸습니다. 용주는 팔을 뻗어 그녀의 어깨를 붙잡고 밖으로 나왔습니다. 용주는 택시를 잡았습니다. 그들을 실은 택시는 바람같이 달리기 시작했습니다. 그리고 얼마 후 아파트 앞에 멈췄습니다. 그들의 아파트입니다. 용주가 집을 나와 지내는 동안 은영이 이 아파트에서 지냈던 것입니다.

용주는 그녀를 집에 데리고 들어갔습니다. 아파트는 6개월 전이나 별 다를 게 없었습니다. 용주는 왠지 가슴이 뭉클했습니다. 너무도 낯익은 곳이었지만 한편으로 낯설기도 했습니다. 참으로 묘한 감정이 그의 가슴을 타고 흘러내렸습니다.

"으, 은영아, 잘 자."

용주는 소파에서 일어나며 말했습니다. 그는 마음 같아서는 이대로 푹 자고 싶었습니다. 은영은 아무런 말도 안 했습니다. 용주가 막 현관문 고리를 잡는 순간 은영이 말했습니다.

"바보! '나 안 가면 안 돼?'라는 말 한마디도 못 해?"

용주는 그 말에 뒤통수를 얻어맞은 것처럼 먹먹했습니다. 그래서 아무런 말도 못 하고 있는데 어느샌가 은영이 다가와 그의 팔을 잡아끌었습니다.

"으, 은영아……."

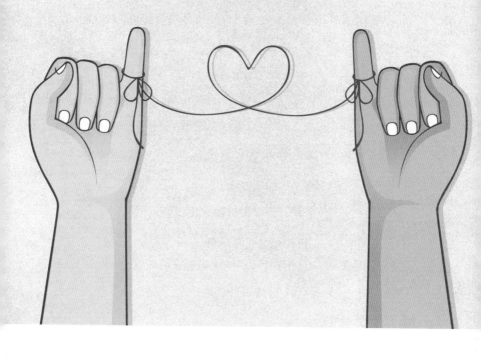

부부 싸움으로 정말로 참기 힘들 땐
서로를 불쌍히 여기는 마음을 가져보십시오.

“바보같이······.”

은영은 이렇게 말하며 두 팔로 용주를 부둥켜안았습니다. 용주는 가슴이 떨렸습니다. 처음 은영을 안았을 때처럼.

“나 자기 없인 안 될 것 같아. 오늘 가지 마.”

은영의 목소리는 젖어 있었습니다.

“으, 은영아, 울어? 지금 우는 거야?”

“······.”

용주는 은영의 팔을 풀고 그녀를 바라보았습니다. 그녀는 울고 있었습니다.

그 순간 용주의 눈에서도 눈물이 주르르 흘러내렸습니다. 용주도 은영도 소리 없이 울었습니다. 그러다 어느 순간 그들은 서로를 부둥켜안았습니다. 그리고 한동안 그들은 말없이 울기만 했습니다. 얼마를 그렇게 있다 은영이 젖은 눈으로 용주를 바라보며 말했습니다.

“자, 자기야, 미, 미안해. 내가 잘못했어······.”

“그게 무슨 말이야. 그런 말 하지 마. 잘못한 사람은 나야.”

그들은 서로 자신의 잘못이라며 사과하였습니다.

“저, 저기 있지······. 나, 많이 생각했는데······ 나아, 자기 없으면 못 살 것 같아.”

“나도 그래. 자기야, 이제부터 나 자기한테 정말 잘할게.”

이렇게 말하며 용주는 더욱 힘껏 은영을 안았습니다. 둘 사이에는 깊이를 알 수 없는 사랑의 강이 다시 흐르기 시작했습니다. 그들은 6개월 동안 떨어져 지내는 동안 서로를 너무도 간절히 원한다는 것을 알았던 것입니다. 그리고 그날 밤 별거에 들어간 지 6개월 만에 한 침대를 썼습니다.

그날 이후 그들은 서로를 너무도 사랑하며 살고 있습니다.

● ● ●

결정적인 순간엔 한발 물러서서 생각하라

부부가 서로 지지 않으려고 아우성치다 보면 감정적으로 서로를 대하게 됩니다. 그러다 보면 막말을 하게 되고 그것이 도를 넘으면 폭력으로 이어지기도 합니다. 그런데 가만히 생각해 보면 그것처럼 어리석은 일은 없습니다. 싸움에서 이긴다고 금메달을 주는 것도 아닌데 그걸 알면서도 왜 그리 이를 박박 갈며 끝장을 낼 듯 싸워대는지……. 지나고 나면 지나가는 강아지가 왈왈대고 웃을 일인데도 말입니다. 대개의 부부 싸움은 쓸데없는 자존심 때문에 일어나지요. 그놈의 자존심이 밥 먹여주고 돈 보태주는 것도 아닌데 왜 상처 주는 말만 골라 해대며 악다구니를 써야 하는지.

혹여, 당신에게 이런 일이 생길 땐 두 눈 딱 감고 모른 척 안 들은 척하십시오. 그리고 그 자리를 피하십시오. 상대방의 타

오른 감정이 다 식을 때까지 아무 말도 하지 마십시오. 당신이 침묵을 하면 상대방은 혼자 떠들다 제풀에 지치고 맙니다. 그것이 현명한 처세입니다.

부부 다툼 끝에 결정적인 순간이 다가오면 한발 뒤로 물러서서 생각하십시오. 지는 것이 이기는 거라는 말이 있습니다. 부부 싸움에서 이긴다고 해서 상금 주는 거 아닙니다. 그러니까 당신이 한발 뒤로 물러나기 바랍니다. 그러면 모든 것이 원래대로 잘 돌아가게 될 것입니다.

그것이 당신이 사랑하는 이에 대한 사랑입니다.

감정 조절 잘하는 습관을 기르는 지혜

상대방이 세게 나올 땐 무조건 한발을 뒤로 빼십시오. 그리고 가급적이면 상대방의 말을 묵묵히 다 들어주십시오. 그러면 상대방은 멋쩍은 생각에 혼자 떠들다 제풀에 꺾이고 맙니다.

아무리 화가 나는 일이 있어도 사태를 악화시키고 싶지 않다면 져주십시오. 부부 싸움 잘한다고 금메달 주는 거 아닙니다. 지는 게 이기는 거라는 말이 있습니다. 당신의 너그러움으로 상대방을 제압하십시오.

극도로 화가 나서 팔딱 뛸 것 같으면 숨을 몰아쉬고 하나에서 스물까지 천천히 세기 바랍니다. 그래도 화가 안 풀리면 혼자 조용한 곳으로 가서 크게 소리치십시오. 가슴속 끓어 오르는 분노가 다 가라앉을 때까지. 그러면 어느샌가 차분해지는 당신을 발견하게 될 것입니다.

기분 좋은 말 한마디가 평생을 결정한다

한마디 말에 그 사람의 품격이 달려 있다

말 한마디가 사람을 살리기도 하고 죽이기도 합니다. 기분 좋은 말 한마디는 돈이 주지 못하는 힘과 용기를 주고 꿈을 주며 사랑을 줍니다. 한마디 기분 좋은 말은 성공의 에너지가 되고 열정의 에너지가 되며 행복의 에너지가 됩니다. 그래서 기분 좋은 말을 들으면 기쁨이 충만해집니다.

그러나 기분 나쁜 말은 용기를 꺾어버리고 희망을 빼앗아 버립니다. 그리고 상대방의 기분을 완전히 잡치게 하고 열나게 하고 부정적인 사람으로 만들어 버립니다. 말은 내뱉는 순간 주워 담지 못하는 물과 같아 함부로 해서는 안 됩니다. 그런데도 사람들은 너무 쉽게 상처 주는 말을 해댑니다. 그래 놓고

상대방이 자신을 조금이라도 기분 나쁘게 말
하면 입에 거품을 품고 비루먹은 개처럼 길
길이 날뜁니다.

역지사지(易地思之)란 말이 있듯 상대방의
입장에서 자신을 한번 살펴볼 필요가 있습니다. 그
러면 상대방의 기분을 이해하게 되고 내가 이 말을 해야 되는
지, 안 해야 되는지를 분명히 알게 되지요. 말 속엔 그 사람의
교양과 인품이 담겨 있습니다. 그리므로 말을 함부로 한다는
것은 자신의 교양과 인품이 완전 개떡이라는 것을 스스로 증
명하는 꼴이 됩니다.

"말 한마디에 천 냥 빚 갚는다"는 말이 있듯 기분 좋은 말 한
마디는 빚까지 청산해줄 만큼의 매력을 갖고 있다는 사실을
간과해서는 안 될 것입니다.

말 한마디로 바뀌는 운명

말을 잘해서 출세하는 사람도 있는가 하면 말 한마디 잘못
해서 쪽박 차는 사람도 종종 볼 수 있습니다. 요즘 자신이 한
말 때문에 매스컴에 오르내리거나 네티즌들로부터 심한 질타
를 받는 정치인, 연예인들이 참 많습니다. 어떤 연예인은 말 한
번 잘못해서 진행하는 프로그램에서 중도 하차하기도 하고 또

어떤 정치인은 공신력을 잃기도 합니다. 어떤 기관의 책임자로 있던 사람이 하루아침에 길거리로 내몰리기도 합니다. 어디 그뿐인가요. 상대방을 비하하는 말을 했다가 곤욕을 치르는 사람들도 참 많습니다.

"국민의 국민에 의한 국민을 위한 정치"를 하겠다는 링컨의 멋진 말 한마디는 민주주의 이념의 뿌리가 될 만큼 값진 말입니다. 그래서 그의 말은 전 세계인들의 가슴에 깊은 울림을 주는 것입니다.

《탈무드》를 보면 이 세상에서 가장 중요한 것도 '혀'이며 가장 하찮은 것도 '혀'라고 말합니다. 여기서 혀는 말을 상징하는데 그만큼 말이 중요하다는 것이지요. 기분 좋은 말을 하는 데는 돈이 들지 않습니다. 많은 에너지를 소비하는 것도 아닙니다. 자신의 자존심에 먹칠을 하거나 인품에 금이 가게 하지도 않습니다. 오히려 그 반대입니다.

연희는 아직도 분이 풀리지 않아 소파에서 앉았다 일어났다를 반복하였습니다. 남편 재식이 한 말에 자존심이 무척 상했기 때문입니다. 남편이 출근하면서 불쑥 내던진 한마디 말 때문입니다.

"야, 유연희, 너 솔직히 말해봐. 니가 생각해도 너무 한심하지 않니?"

"뭐가 한심해?"

"니 몸 좀 봐라. 그게 어디 사람 몸이냐? 하마지……."

"뭐라고? 하마? 자기 말 다 했어?"

"그래. 말이야 바른 말 아냐? 그 몸으로 피서지에서 입을 비키니가 뭐 어쨌다고?"

"왜 내 몸이 어떤데?"

연희는 재식을 노려보며 차갑게 말했습니다.

"우리 부서 강유경이 봐라. 쭉 빠진 몸매에 볼륨 있는 가슴 죽이잖아. 난 그 정도까진 안 바라. 그 반만이라도 닮았으면 좋겠다."

재식은 이렇게 말하며 고개를 좌우로 흔들어댔습니다. 그 모습이 어쩌나 밥맛이고 불쾌한지 연희는 버럭 소리를 질렀습니다.

"야, 양재식! 너 그 말 취소 안 해?"

"내가 뭐 아닌 걸 그렇다고 했니? 왜 아침부터 소린 지르고 그래?"

재식은 실실 웃으며 아주 태연히 말했습니다. 그 모습이 연희를 더욱 화나게 했습니다.

"야, 양재식! 너 오늘 이 시간부터 내 근처에 얼씬도 하지 마. 그랬다간 니 몸에 붙어 있는 털이란 털은 족집게로 하나 남김없이 다 뽑아버릴 테니까. 알았니? 어서 내 눈앞에서 사라져. 열

셀 동안 안 사라지면 알아서 해. 그 뒷일은 나 책임 안 져."

연희는 이렇게 말한 뒤 씩씩거리며 열을 세기 시작했습니다.
그래도 재식은 능글거리며 연희를 쳐다보았습니다. 그 모습이
연희의 자존심을 와르르 무너뜨렸습니다.

"야, 양재식 너, 내 말을 아주 우습게 아는데 좋아. 너 거기 꼼
짝 말고 있어?"

연희가 주방으로 가서 바가지에 물을 가득 담아 가지고 와 자
신을 향해 뿌리려 하자 그 틈을 타 재식은 얼른 밖으로 나갔습
니다. 속이 뒤집힌 연희는 현관을 향해 바가지를 집어던졌습니
다. 그 바람에 애꿎은 바가지만 깨지고 말았습니다.

그 시각 밖으로 나와 차에 시동을 걸던 재식이 중얼거렸습니다.

"내가 좀 심했나? 자극 좀 받으라고 한 말인데……."

연애할 때보다 살이 많이 찐 건 사실이지만 연희는 워낙 마른 체형이었기 때문에 남들이 봤을 땐 지금이 아주 보기 좋은 상태였습니다. 그런데도 재식의 눈엔 그렇게 보이지 않은 것뿐입니다.

어쨌든 좀 찜찜한 기분으로 회사로 향했습니다.

"오늘 들어오기만 해봐. 국물도 없을 테니까."

연희는 이까지 바득바득 갈아댔습니다.

그날 저녁 퇴근을 하고 온 재식을 연희는 거들떠보지도 않았습니다. 계속 묵비권을 행사하며 재식의 애간장을 녹일 참이었습니다. 밥을 달라는 재식의 말에 연희는 알아서 차려 먹으라고 말하곤 침대에 누워 꼼짝도 안 했습니다. 몇 번을 요구하다 퇴짜를 맞은 재식은 할 수 없이 제 손으로 저녁을 차려 먹었습니다. 밥을 먹고 나서 잠잘 때도 따로 자야 했습니다.

"내 허락이 있을 때까진 내 옆에 얼씬도 하지 마. 얼씬댔다간 벼락 떨어질 줄 알아!"

재식이 침대로 다가오자 연희가 앙칼지게 퍼부어댔기 때문입니다. 연희가 한 성질 한다는 것을 사실을 재식은 간혹 잊곤 했습니다. 결국 재식은 혼자 서재에서 자야 했고, 아침도 혼자 차려 먹어야 했습니다. 그런 날이 벌써 열흘이나 되었습니다.

밥을 혼자 차려 먹는 것은 그렇다 해도 같이 잠을 잘 수 없다는 사실이 재식은 너무 고통스러웠습니다. 결혼한 지 2년도 안 돼 한창 아랫도리가 왕성할 때 혼자 잔다는 건 죽음보다 더 큰 형벌이었던 거지요. 재식은 앉으나 서나 오직 그 생각뿐이었습니다. 그렇다고 해서 아무데나 총을 쏘아댈 수는 없는 노릇이고. 어쨌든 요즘 같아서는 살맛이 안 났습니다. 그놈의 혀 한번 잘못 놀려서 된통 당하는 꼴이라니. 재식은 암만 생각해도 자신이 사자 코털을 건드린 것만 같아 전전긍긍했습니다.

"양 대리, 요즘 무슨 일 있어?"

풀 죽어 있는 재식에게 입사 동기인 권 대리가 물었습니다.

"요즘 죽을 맛이다."

"그게 무슨 소리야? 죽을 맛이라니……."

한숨까지 푹푹 쉬어대는 재식을 뚫어지게 바라보며 권 대리가 말했습니다. 항상 밝고 명랑해 사무실 분위기 메이커인 재식이 대체 왜 그러는지 그로선 여간 궁금한 게 아니었습니다. 재식은 있는 그대로를 다 말했습니다.

"공연한 짓을 했군. 제수씨 정도면 이거야 이거? 그런데 니가 겁 없이 깝죽댔으니 당해도 싸다. 나 봐라. 이 나이에 애인 하나 없어 허구한 날 독수공방하는 처량한 신세를……"

권 대리는 엄지손가락을 치켜세우며 부러운 듯이 말했습니다.

"벌써 보름째 근처도 못 갔으니……. 정말 미치겠다. 이제 모든 게 여자로 보이니 어쩌면 좋냐?"

재식은 입 안이 마르는지 연신 맥주잔을 비워댔습니다. 그 모습을 물끄러미 바라보던 권 대리가 입을 떼었습니다.

"무조건 잘못했다고 싹싹 빌어. 그리고 좀 비싸더라도 평소 갖고 싶었던 것 있으면 눈 딱 감고 선물해. 그럼 효과가 있을 거야."

"정말 그럴까?"

"그럼. 내가 장담하는데 분명히 효과가 있을 거야. 너, 내가 시킨 대로 해서 효과를 거두면 술 한잔 쏴라."

"알았어. 그렇게 하지……. 야, 근데 이런 건 잘 알면서 넌 왜 여태 그러고 사냐."

"원래 남의 인생 코치 잘하는 인간들은 자기 일엔 영 서툴러. 그것도 운명인가 봐."

재식의 말에 권 대리는 씁쓸한 웃음을 지으며 말했습니다.

그날 밤 선물을 사서 집으로 온 재식은 밥을 차려 먹고 나서 연희에게 무조건 잘못했다고 싹싹 빌었습니다. 가만히 지내놓고 보니 당신이 최고라는 둥 자신에겐 오직 당신뿐이라는 둥 온갖 미사여구를 다 동원하여 말했습니다. 그리고 이제부터는

철저한 머슴이 되겠다며 각서라도 쓰겠다고 했습니다. 그러고
는 선물을 내놓으며 두 손을 싹싹 비는 시늉을 했습니다. 그때
까지만 해도 묵묵히 있던 연희가 입을 떼었습니다.

"그게 뭔데?"

"자기가 갖고 싶다던 거……. 한번 뜯어 봐."

연희는 재식의 말이 떨어지기 무섭게 선물 포장지를 뜯었습
니다. 그러자 작고 예쁜 선물 케이스가 나왔습니다. 그것을 열자
예쁜 진주 귀걸이가 앙증스럽게 연희를 바라보았습니다. 그 순
간 연희의 입가엔 엷은 미소가 보일 듯 말 듯 스쳐 지났습니다.

"자기 조금 전에 했던 말 다 지킬 수 있어?"

"응, 맹세할게."

"정말이지?"

"응."

"또 그런 일이 있을 땐 어떻게 할 거야?"

"그땐 내가 자기 아들 할게."

"그런 거 말고, 다른 걸로……."

"그땐 자기가 하라는 대로 다 할게."

"그 말 정말이지?"

"응. 맹세할 수 있어."

"좋아. 그럼, 각서 써."

"아, 알았어. 그럴게."

재식은 연희의 말이 떨어지기 무섭게 각서를 써다 주었습니다. 그러고는 큰 소리로 읽으라는 그녀의 말에 따라 읽어나갔습니다. 다 듣고 나서 연희가 말했습니다.

"그 정도면 됐어. 남자답게 꼭 지켜야 돼."

"알았어, 그럴게. 이제 됐지?"

"응."

재식은 연희의 말이 떨어지기 무섭게 몸이 단 수캐마냥 실실거리며 그녀를 번쩍 안아서는 침대로 향했습니다. 그러고는 보름 동안 홀로 지낸 쓸쓸함을 맘껏 풀어냈다나 뭐 어쨌대나.

• • •

가까운 사람이기에 더욱 지켜야 하는 것

가까운 사이는 가깝다는 이유만으로 말을 편히 하고 행동도 스스럼없이 합니다. 물론 가까운 사이라서 할 수 있는 자연스러운 언행이겠지만 그것이 지나치면 오히려 화가 된다는 사실을 간과해서는 안 될 것입니다. 지나침은 오히려 모자람만 못한 법이니까요.

가까운 사람일수록 더욱 지켜야 하는 것이 바로 한마디의 말입니다. 특히, 부부 사이에 이는 매우 엄격하게 지켜져야 합니다. 세상에서 가장 가깝고도 먼 사이가 바로 부부입니다. 함께할 땐 그 무엇보다도 아름답고 거리낄 게 없지만 등을 돌리고 멀어져 가면 아주 머나먼 사이로 변해버리지요. 그러기에 부부 사이에 한마디 말은 약이 될 수도, 병이 될 수도 있는 겁니다. 아마 모르긴 몰라도 거의 다 한두 번쯤은 연희 부부와 같은 경험을 해보지 않았을까요?

그렇다면 당신은 어떤 선택을 하겠습니까?

무슨 초등학교 1학년 수준도 안 되는 질문을 하느냐고요? 아, 죄송합니다. 일부러 그런 건 아니고 그냥 습관처럼 해보았습니다. 생각보다 쉽지 않은 일이기도 하기에.

어쨌든 그것은 당신이 더 잘 알아서 선택하리라 믿습니다.

기분 좋아지는 말 한마디의 지혜

목소리는 중간 톤으로 하고 친근감 있는 어투로 약간은 미소를 지으며 보통 빠르기의 속도로 말을 하십시오.

상대방을 쳐다보고 관심 있는 표정을 지으며 말을 하십시오. 그리고 상대방이 자신의 말을 잘 못 알아들었을 땐 다시 한번 차분히 말을 하십시오.

만약 상대방이 불쾌한 표정을 지으면 말을 즉시 중단하고 양해를 구한 다음 말을 하십시오. 그래도 상대방이 더는 듣지 않으려고 하면 그 즉시 멈추십시오. 그리고 나중에 다시 기회를 봐서 말하기 바랍니다.

믿고 기다려주는 아량이 큰 사랑을 만든다

최악의 상황에서 드러나는 사랑의 진정성

사랑의 진정성은 풍요로울 때보다 최악의 상황에서 드러납니다. '쌀독에서 인심 난다는 말'처럼 모든 것이 넉넉할 땐 마음도 흥에 겹고 여유가 생깁니다. 주머니가 넉넉할 땐 어디를 가도 괜히 어깨가 으쓱거리고, 끼니때가 되어 아는 사람을 만나면 자신이 밥도 사고 차도 사는 여유를 부리게 됩니다. 가졌다는 것이 그만큼 사람의 마음을 넉넉하게 하는 까닭입니다.

이와 마찬가지로 물질적으로 풍족할 땐 부부 사이도 태평양처럼 깊은 사랑을 보이게 되지요. 그러나 막상 삶의 주머니가 가벼워지면 그렇게나 좋았던 부부 사랑이 썰물 빠져나가듯 흩어지고, 서로의 가슴이 냉랭하게 변해버립니다.

이처럼 물질의 깊이에 따라 변하는 사랑이라면 참된 사랑이라고 할 수 없겠지요. 사랑의 진정성은 그 어떤 상황에서도 동요되거나 변질되지 않는 사랑을 말합니다. 그러나 부부애가 좋던 부부들도 시베리아 벌판처럼 휭하니 변하는 것을 보면 사랑의 진정성을 획득하며 산다는 것은 참 어려운 일인 듯합니다. 하지만 그것을 극복하며 사는 것 또한 인생의 의무일 것입니다.

서로에게 희망이 될 수 있다면

최악의 상황에서도 서로를 배려하고 토닥이며 사는 부부를 보면 그렇게 아름다워 보일 수 없습니다. 나는 그렇지 못하더라도 그들을 바라보는 것만으로도 공연히 가슴이 따뜻해집니다. 이렇듯 아름다운 사랑은 사람들을 감동에 젖게 합니다.

아름다운 사랑이 사람들에게 감동을 주는 것은 진실함이 배어 있기 때문입니다. 진실 앞엔 누구나 경건해지고 겸허해지고 참신한 마음이 됩니다. 그러기에 사람들이 살아가면서 가

장 필요로 하는 것은 사랑을 잃지 않고 그 사랑으로 서로를 보듬어 희망으로 가는 것입니다.

희망은 사랑에서 옵니다. 사랑이 없으면 희망도 없고 미래도 없습니다. 아무리 최악의 상황에 놓여 있다고 해도 절대로 사랑을 잃어서는 안 됩니다. 사랑을 잃으면 희망은 물론 모든 것을 잃게 됩니다. 사랑은 모든 것을 얻게 하고 모든 것을 잃게 하는 이중적 존재라는 사실을 간과하지 말아야 합니다.

이석호라는 사람이 있습니다.

그는 한때 중소기업을 운영하였습니다. 성품이 좋아 그의 주변엔 많은 사람들이 있었고, 신의와 믿음을 소중히 여기는 사람이었습니다.

그의 회사는 벽돌이나 보도블록 등에 쓰이는 건축용 색소를 만드는 회사로, 대지 만여 평에 공장 건물은 이천 여 평이나 되었습니다. 그는 직원들을 친동기간처럼 대해주었고 직원들 임금도 공업단지 내에서는 최고였습니다. 그만큼 그는 매우 인간적이고 친절한 사람이었습니다. 그는 큰 욕심을 부리기보단 지금의 상황에서 조금씩 앞을 향해 나가는 안전경영을 모토로 회사를 꾸려나갔습니다. 대한민국의 모든 기업과 국민들이 휘청거리던 IMF 때에도 그의 회사는 건재했습니다. 그래서 그를 아는 사람들은 모두가 그의 심성이 착하고 회사를 건실하게 경영했기 때문이라고 이구동성으로 말했습니다.

그러던 어느 날이었습니다. 아무 일도 없을 것만 같은 그에게 어두운 그림자가 태풍처럼 밀려왔습니다. 친구에게 보증을 서 주었는데 그 친구의 사업이 부도가 나는 바람에 그가 고스란히 친구의 채무를 떠안게 된 것입니다. 청천벽력과도 같은 일이었습니다. 그를 더욱 놀라게 한 것은 그의 친구가 부도가 날 만하니까 고의적으로 부도를 내고 돈을 챙겨 외국으로 달아나버렸다는 사실입니다.

그 일로 인해 하루아침에 그의 회사는 문을 닫고 말았습니다. 그를 믿고 따르던 직원들도 눈물을 흘리며 하나둘씩 그의 곁을 떠나갔습니다.

"아, 이럴 수가……. 그 친구가 어떻게 나에게 이, 이렇게 할 수 있단 말인가……. 내가 지한테 어떻게 했는데……. 세상에 미, 믿을 놈 없다 해도 그 친구만큼은 아닐 거라고 생각했는데……. 비열하게도 나에게 비수를 꽂다니……. 어떻게 이럴 수가 있단 말인가……."

게다가 그가 더 큰 분노를 느꼈던 것은 설상가상으로 만 평이 넘는 땅을 작은아버지에게 빼앗겼기 때문입니다. 그의 아버지는 자신의 친동생과 땅을 사는 과정에서 사정상 명의를 동생 이름으로 해놓았습니다. 그런데 그의 아버지가 갑자기 죽자 작은아버지는 자신의 땅이라고 우기며 그에게 땅을 양도해 주지 않았고 법정에 섰지만 결국 땅을 빼앗기고 말았던 것입니다.

사업도 실패하고 눈을 버젓이 뜨고도 땅을 뺏긴 그는 절망과 시름의 늪에 빠져 하릴없이 술로 하루하루를 보냈습니다. 그토록 성실하고 온화하던 그의 가슴엔 이루 말할 수 없는 분노가 가득 차올랐습니다.

그에겐 아들 하나에 딸 둘이 있습니다. 첫째와 둘째는 대학생이었고 막내는 고등학생이라 돈 쓸 일은 산더미처럼 늘어만 가는데 그의 하루하루는 그야말로 참혹함 그 자체였습니다.

"내가 이렇게 살아서 뭐해……. 하루하루가 지옥이 따로 없구나."

그는 긴 한숨을 내쉬며 입버릇처럼 말하곤 했습니다.

그가 이렇게 시간을 죽이며 보낸 지도 근 2년이 다 되어갔습니다. 그가 아무리 넋두리를 하며 울분을 토해도 그의 아내는 아무 말 없이 그가 하는 대로 지켜보았습니다. 그의 가슴에 쌓인 분노와 원망이 다 녹아 가라앉길 바랐던 것입니다.

"엄마, 아빠는 왜 맨날 술만 마시고 그래요? 우리가 이렇게 못살게 된 게 다 아빠 탓인데, 뭔가 할 생각은 안 하고 신세타령이나 하고……. 아빤 정말 너무해."

"너, 그걸 말이라고 해! 아빠를 위로해 주지는 못할망정 원망을 하다니. 이 못된 것 같으니라고."

"우리 집이 이렇게 된 게 다 아빠 때문인데, 엄만 아빠가 밉지도 않아요?"

"이 철부지야. 지금 가장 힘든 사람은 아빠야. 그동안 아빠가 너희들에게 어떻게 하셨는지 생각해 봐. 세상에 너희 아빠 같은 사람이 어디 또 있을까 싶다. 그런데 아빠 힘든 건 생각도 않고 아빠를 원망하다니…… 넌 어쩌 니 생각만 하니?"

"몰라. 난 아빠가 정말 싫어요."

"어유, 저 못돼 빠진 거. 너 한 번만 더 그런 말 했다간 내 손에 요절날 줄 알아. 알겠니?"

"몰라. 엄마도 똑같아요."

경희는 이렇게 말하며 문을 꽝! 닫고는 밖으로 나가버렸습니다. 그의 아내는 딸이 투덜거릴 때마다 버릇없음을 꾸짖곤 하였습니다. 하지만 속상한 건 그의 아내 역시 마찬가지였습니다. 결혼해서 그런 일을 겪기 전까지는 아무 부족함 없이 지내왔던 터라 그의 아내 또한 하루하루가 너무 힘들었습니다.

그러나 그의 아내는 조금도 힘든 내색을 하거나 남편을 원망하지 않았습니다. 그녀는 아주 현명한 여인이었습니다. 그녀는 힘든 가운데서도 남편을 극진이 대하며 그가 재기하기를 바랐습니다. 남편이 잘못되면 모든 것이 끝장난다는 것을 너무도 잘 아는 까닭입니다. 그녀는 남편을 자극하지 않으면서 그가 분노를 가라앉히고 본래의 온유한 마음으로 돌아오기를 기다렸던 것입니다. 그녀가 남편 모르게 자식들 모르게 흘린 눈물은 작은 내를 이루고도 남았지만 그 어느 누구에게 한 번도 들키지 않았으며 숨 막히는 고통을 참아가면서 남편과 자식들에게 항상 미소를 잃지 않았습니다.

그처럼 노력하는 아내를 바라보는 그의 심정은 갈기갈기 찢어지는 것만큼이나 아팠지만 지금의 그의 의지로써는 생각뿐, 그 자신도 어쩌지 못했습니다.

날씨가 화사한 5월 어느 날 남편과 함께 산에 오른 아내가 그에게 말했습니다.

"여보, 그동안 애 많이 썼어요. 지난날은 다 잊어버리세요. 그리고 당신 마음이 편해질 때까지 당신이 하고 싶은 일이나 하면서 몸과 마음을 평안히 하세요. 이제부턴 내가 집안을 꾸리겠어요."

그는 웃으며 말하는 아내를 가만히 바라보았습니다. 그의 아내의 얼굴엔 근심과 걱정의 그림자는 보이질 않고 신념과 소망의 빛이 배어 있었습니다. 그가 말없이 그대로 있자 그의 아내는 "여보, 당신 낚시 좋아하잖아요. 내일부터 당장 낚시를 다니세요. 집안일은 아무 걱정 마세요. 알겠지요?"라고 말하며 그의 손을 꼭 잡았습니다.

자신으로 인해 갑자기 기울어진 가정형편에 바가지를 긁어도 감수해야 할 자신에게 2년이 지나도록 불평 한마디 없이 이토록 자애로운 마음을 보여주는 한결같은 아내가 한없이 고마웠습니다. 그는 두 팔을 뻗어 아내를 꼬옥 안으며 말했습니다.

"여보, 정말 고마워……. 당신이 있어 얼마나 든든한지 몰라. 당신이 내 곁에 없었더라면 내가 어떻게 됐을지 몰라……. 여보, 그동안 잘 참아줘서 정말 고마워……. 나에게 조금만 시간을 줘. 내가 뭔가를 다시 할 수 있도록……. 그래 줄 수 있지?"

"그럼요. 얼마든지…… 그러니 당신 너무 마음 쓰지 마세요. 당신 마음속에 쌓인 모든 것 다 비워낼 때까지 당신 하고 싶은 대로 하세요."

"여, 여보. 저, 정말 고마워."

그의 눈에서는 뜨거운 눈물이 주르르 흘러내렸습니다.

그는 그날부터 술을 끊고 하루에 서너 갑씩 피우던 담배도 줄였습니다. 그는 아내 말대로 낚시를 다녔고 아내는 식당을 차려 장사를 시작했습니다. 그의 아내는 음식솜씨가 좋아 손님들이 나날이 늘어만 갔습니다.

'이렇게 계속 장사가 잘된다면 얼마나 좋을까. 그러면 그이가 새로운 일을 시작하는 데 많은 도움이 될 텐데…….'

이렇게 생각하는 그의 아내의 가슴은 풍선처럼 마냥 부풀어 올랐습니다. 그리고 몇 개월 후엔 2명의 종업원까지 두게 되었습니다. 그는 그런 아내의 모습에서 지난날 방황하며 가족들에게 고통을 주었던 자신을 완전히 떨쳐버렸습니다.

"여보, 이젠 내가 당신을 도울 테니 뭐든지 말만 해. 지금부터 당신과 애들에게 좋은 남편 좋은 아빠가 될게."

낚시를 그만두고 아내를 돕겠다는 말을 듣는 순간 그녀의 눈에서는 뜨거운 눈물이 주르르 흘러내렸습니다. 사업 실패 후 마음을 잡지 못해 갈등하며 분노의 시간을 보내던 그가 이제야 진정 예전의 남편으로 돌아왔다는 생각에 너무도 감사했던 것입니다. 눈물을 그친 아내가 그의 손을 잡고 말했습니다.

"여보, 정말 고마워요. 당신은 역시 나의 믿음을 저버리지 않으셨군요. 근데 여보, 당신이 식당 일 안 거들어도 돼요. 당신은 앞으로 당신이 해야 할 일을 구상하고 찾아보세요. 식당은 내가 알아서 해 나갈게요."

"아니야, 여보. 낮엔 당신을 돕고 밤에 내가 할 일에 대해 구상할 테니까 내가 할 수 있을 때까지만 당신을 돕게 해줘. 그래야 내 마음이 조금은 가벼워질 것 같아."

그는 엷은 웃음을 지며 말했습니다. 그의 눈빛엔 너무도 간절한 마음이 담겨 있다는 걸 아내는 알 수 있었습니다.

"정 그러고 싶으면 그렇게 해요. 그러나 당신이 새로운 일을 할 때까지만이에요?"

"알았어, 그렇게 할게."

"여보, 다시 한번 우리 잘 살아봐요. 우린 틀림없이 잘 살 수 있어요. 난 당신을 믿어요."

"그래, 여보. 우리 잘 살아보자. 당신이 내 아내라는 게 너무 자랑스럽고 고마워."

"여보……."

부부는 오랜만에 아주 행복하게 웃었습니다.

한때 중소기업 사장이었던 그는 음식을 배달하고 서빙을 하면서도 얼굴에 미소가 가득했습니다. 그의 얼굴엔 분노와 어둠의 그림자는 사라지고 소망의 빛이 넘쳐났습니다. 그는 완전히 예전의 그로 돌아왔습니다. 변화된 그의 모습을 보고 친구와 주변 사람들은 그에게 용기를 주었고, 그를 돕기 위해 많은 노력을 기울였습니다. '하늘은 스스로 돕는 자를 돕는다'라는 말이 있듯 그가 스스로 변화하기 위해 노력하자 주변 사람들이 달라졌던 것입니다.

그러던 어느 날이었습니다. 그가 공단협회 일을 보면서 각별하게 지내던 인근 대기업 전무가 그를 찾아왔습니다.

"이보시오, 이 사장. 이 일을 한번 해보지 않겠소?"

그는 자신이 모든 원자재를 대줄 테니 부품공장을 차려 경영을 해보라고 했습니다.

"그, 그게 저 정말입니까? 전무님."

"암요. 정말이고 말구요."

"저같이 못난 사람에게 이렇게 마음을 써 주시다니……. 너무 고마워 마음 둘 길이 없습니다."

정말 그랬습니다. IMF로 인해 모든 게 어수선한 때에 아무것도 없는 자신에게 땅 짚고도 헤엄치는 일을 맡겨주다니, 그에게 있어 그건 꿈같은 이야기였던 것입니다. 정말이지 그 일은 땅 짚고 헤엄치는 일처럼 쉬운 일이었습니다. 부품을 만들면 전량 다 대기업에서 구입하니 판로 걱정을 안 해도 되고, 원자재 일체를 무료로 공급해주니 그에 대한 비용이 들지 않아 문제 될 게 없었습니다. 다만 자그마한 공장 건물하고 초기 운영비만 있으면 되었습니다.

"하하하, 이 모두가 지난날 이 사장이 나에게 베풀어 준 은혜를 갚는 일이오. 그러니 너무 그렇게 고마워하지 마시오. 너무 그러면 내가 오히려 몸 둘 바를 모르겠소."

"고맙습니다, 전무님. 한번 열심히 해보겠습니다."

"하하하, 내가 고맙지요. 내 뜻을 흔쾌히 받아주시다니……. 우리 한번 열심히 해봅시다."

"네, 전무님……."

그날 저녁 그의 집에선 웃음꽃이 활짝 피어났습니다. 그의 애기를 들은 식구들이 이구동성으로 환호성을 지르며 그를 축하해 주었습니다.

"여보, 그리고 경희, 경식이, 경민아 모두 고맙다. 힘들고 어려운 시간을 잘 참아줘서……. 이 모두가 엄마와 너희들 덕이구나. 아빠 열심히 해서 전처럼 잘 살자. 알았지?"

"예! 아빠!"

그의 아내와 아이들은 그를 부둥켜안고 큰 소리로 외쳤습니다.

"아빠, 엄마 안녕히 주무세요."

"그래, 너희들도 잘 자거라."

"네."

잘 자라는 그의 말에 아이들은 함박웃음을 지으며 각자의 방으로 들어갔습니다.

"여보, 고마워요. 난 당신에게 좋은 일이 생길 줄 알았어요."

그의 아내는 젖은 눈으로 말했습니다.

"어떻게 그런 생각을 했어?"

"당신은 착한 사람이니까요."

"뭐, 뭐라고? 하하하……."

그는 이렇게 말하며 큰 소리로 웃었습니다.

그날은 그들 부부가 새롭게 거듭난 날이었습니다. 그리고 얼마 후 그는 작은 건물을 얻어 공장을 차리고 직원 3명으로 일을 시작했습니다. 그의 아내와 친구들, 주변 사람들은 그의 새로운 출발을 진심으로 축하해 주었습니다.

"이 사장 축하합니다. 부자 되세요!"

그는 사람들로부터 축하를 받으며 만면에 웃음을 띠었습니다.

그는 워낙 성실한 사람이라 부품 배달도 자신이 직접 해 인건비를 줄였습니다. 그는 남들이 보면 사장이 아니라 배달 직원으로 알 만큼 허름한 작업복차림으로 지냈습니다.

그러는 가운데 5년이란 세월이 지났습니다. 그러는 동안 그의 회사는 많은 발전을 했습니다. 20평이던 공장 건물은 60평으로 변했고 3명이던 직원은 12명으로 늘어났습니다. 그리고 60평형 아파트도 장만하였습니다. 또한 첫째 딸은 대학을 마치고 미국으로 유학을 떠났고 둘째인 아들은 대학을 졸업했습니다. 그리고 막내딸 역시 대학을 마치고 직장 생활을 하였습니다.

원망과 분노를 마음으로부터 떠나보내자 그의 삶은 완전히 뒤바뀌고 만 것입니다. 그의 마음속엔 소망의 꽃이 향기를 뿜어내며 날마다 자라고 있었습니다. 원망과 분노가 떠나버린 마음속에 소망을 품자 그의 삶은 완전히 변화하였던 것입니다. 그리고 수년의 세월이 지났습니다.

그는 다른 이에게 회사를 넘기고 은퇴하여 지금은 아주 행복한 인생을 보내고 있습니다.

"여보, 나 너무 행복한 사람이야."

그는 산책을 하며 그의 아내에게 말했습니다.

"그래요? 그렇게 행복해요?"

"응. 지난날 내가 방황하며 괴로워할 때 당신이 지켜주지 않았더라면 지금의 행복은 없었을 거야. 이 모두가 다 당신 덕분이야."

"그게 무슨 말이에요? 당치도 않아요. 당신이 유능하고 워낙 착한 사람이니까 복을 받은 거지요. 내가 한 게 뭐 있다고……."

그의 아내는 이렇게 말하며 행복한 미소를 지었습니다.

"당신은 어떻게 예나 지금이나 한결같이 날 감동시킬 수 있지? 내가 무슨 복에 보배로운 당신을 만났는지 모르겠어. 모두가 그저 감사하고 고마울 뿐이야."

그는 이렇게 말하며 아내의 손을 꼭 쥐었습니다.

"그건 내가 당신에게 해주고 싶은 말이에요. 그런데 당신에게 그렇게 값진 말을 듣다니…… 내가 복이 많은 사람이지요. 여보, 우리 건강하게 오래오래 살아요."

"그래. 그런데 한 가지 부탁이 있어."

"뭔데요?"

"당신이 나보다 더 오래 살아야 돼. 그래 줄 수 있지?"

"그게 무슨 말이에요. 당신이 더 오래 살아야지요."

"안 돼, 그건."

"왜요?"

"내가 당신보다 4살이나 더 많으니까 당연히 나보다 더 오래 살아야지."

"그런 말이 어딨어요? 안 돼요. 똑같이 오래 살아요."

"뭐, 하하하. 그, 그래. 그러자고 하하하……"

삶은 한때 그에게 고통과 분노를 주었지만 지혜로운 아내의 뜻을 좇아 마음을 바꾸자 그의 인생은 풍족할 땐 느끼지 못했던 인생의 참 기쁨을 선물로 받았습니다. 그리고 메마른 사막에서도 꽃이 피고 생물이 살아가듯 그 아무리 참혹한 현실이 자신 앞에 놓이더라도 소망을 버리지 않는 한 삶은 다시 환한 빛으로 찾아온다는 것을 그는 새삼 깨달았습니다.

그는 오늘도 마음속으로 되새깁니다. 희망의 이름으로 살자.

기쁠 때나 슬플 때나 고통스러울 때나 그 어느 때라도 희망의 이름, 희망의 이름으로 살자. 인생은 그 어느 것보다도 소중한 보석이므로, 라고 말입니다.

* * *

믿고 기다려주는 아량이 큰 사랑을 만든다

진정한 사랑은 믿고 기다려주는 지혜입니다. 그가 인생의 바다에서 좌초하고 힘들어 방황할 때 그의 아내는 그 모든 고통과 아픔을 끌어안고 인동초처럼 이겨냈습니다.

그녀는 최악의 상황에서도 남편을 믿었습니다. 지금 가장 힘들고 고통스러운 사람은 남편임을 너무도 잘 알았기 때문입니다. 그녀는 매우 지혜로운 여성입니다. 자신이 바가지를 긁어봤자 돌아오는 것은 고통과 아픔이라는 걸 너무도 잘 알았습니다. 그녀는 희망을 갖고 남편에게 용기를 주었습니다.

그리고 남편을 끝까지 믿어주었습니다. 부부 중 누군가가 힘들어할 땐 믿고 기다려주는 지혜가 절대적으로 필요합니다. 힘들 때 자극적인 말을 하거나 고통을 주는 것처럼 잔인한 것은 없습니다. 그것은 같이 망하자는 것과 같습니다. 똑같은 상황에서도 지혜로운 부부는 믿고 기다려줄 줄 알지만 미련한 부부는 그러지 못합니다. 그러기에 믿고 기다려준다는 것은 참 좋은 지혜입니다.

당신이 그들 부부의 처지라면 어떻게 하겠습니까? 서로를 믿고 기다리겠습니까, 아니면 손을 흔들며 너는 너대로 나는 나대로 갈 길이 따로 있구나, 하고 땡땡땡 종 치겠습니까?

그 해답은 바로 당신에게 있습니다. 당신이 바로 그 해답의 실체이니까요.

희망을 현실로 만드는 사랑의 지혜

최악의 상황에서도 희망을 잃지 마십시오. 사막에도 꽃이 핍니다. 사막에서도 동식물이 살 수 있는 건 최악의 상황에서도 거기에 잘 적응했기 때문입니다.

믿고 기다려줄 줄 아는 지혜를 길러야 합니다. 믿음은 보이지 않은 것에 대한 실체입니다. 내일의 희망을 믿고 기다릴 수 없다면 우리는 한시도 살아갈 이유가 없을 겁니다.

모든 인생은 희망을 가질 권리가 있습니다. 그리고 희망을 현실로 이루는 것은 사랑입니다. 진정한 사랑은 최악의 현실을 최상의 미래로 이끌어 간다는 사실을 잊지 마십시오.

위대한 사랑은 운명 앞에 결코 굴복하지 않는다

완전한 사랑이란 무엇일까

'과연 완전한 사랑이란 있을까? 있다면 무엇을 완전한 사랑으로 정의할 것인가'라는 생각을 해본 적이 있나요? 없다면 한 번쯤 해보는 것도 당신의 인생에 있어 그렇게 손해 보는 일은 아닐 겁니다. 이것을 안다면 지금보다 더 나은 사랑을 만들어 나갈 수 있을 테니까요.

사랑하는 사람들은 사랑하는 동안에는 자신들이 완전한 사랑을 한다고 믿지요. 그 순간만큼은 우리는 진실한 사랑을 한다고 말합니다. 이런 예는 아침 토크쇼에서 종종 보게 되는데 초대 손님으로 나온 연예인 부부는 하나같이 시청자들이 눈살을 찌푸릴 만큼 닭살 멘트를 날리곤 합니다.

그러나 어느 순간 그들은 각자의 길을 가고 있는 경우가 많습니다. 이런 경우가 비단 연예인 부부들의 문제만은 아니지요. 우리 주변에서도 흔히 볼 수 있습니다. "아이 러브 유"를 외치며 유난을 떠는 사람들 중에 의외로 쉽게 헤어지는 커플이 더 많습니다.

완전한 사랑은 이런 사랑이 아니라 죽음도 함께 공유하는 일체된 사랑을 말하는 것입니다. 죽음까지 함께 나누는 사랑은 아니더라도 사랑하는 이를 위해 기꺼이 자신을 희생할 수 있는 사랑이 완전한 사랑에 비견된다고 할 수 있지요. 그렇지만 함께 삶과 죽음을 공유하는 사랑이야말로 진정 '퍼펙트'한 사랑이라고 말할 수 있을 것입니다.

너와 나를 위하는 삶

"진정한 사랑의 조건은 상대를 위한 희생적인 헌신, 상대의 행복을 내 것인 양 추구하는 것이다."

뒤파유가 한 말입니다. 이는 나보다는 상대를 위하는 사랑이야말로 참다운 사랑이라는 것을 뜻합니다. 사실 나보다 상대를 위하는 일은 쉽지가 않지요. 사람은 누구나 자신을 먼저 생각하게 되는데 이는 본능적으로 일어나는 자연스러운 현상입니다. 사랑에 대한 실체가 이럴진대 나보다 상대를 위하는 사랑은 요즘 현실에선 희귀에 가까운 일이지요. 그래서 나보다 상대를 위하는 사랑이 더욱 사랑의 품격을 높여줍니다. 때문에 자신만을 위하는 사랑은 그만큼 평가 절하되는 것입니다. 너와 나를 위하는 사랑, 죽음도 함께하는 사랑은 사람이 보여 줄 수 있는 최고의 사랑입니다.

앙드레 고르와 도린. 앙드레 고르와 도린이 처음 만난 것은 고르 나이 스물네 살 그리고 도린은 스물세 살 때였습니다. 그들은 보자마자 서로에게 진한 감정을 느꼈습니다.

"저, 당신 이름은 무엇인가요?"

도린을 처음 본 앙드레 고르가 이름이 무어냐고 물었습니다. 처음 본 도린이 너무도 마음에 들었던 것입니다.

"내 이름은 도린입니다."

그녀는 라일락 같은 상큼한 미소를 지으며 상냥하게 말했습니다.

"도린? 참 좋은 이름이군요. 난 앙드레 고르라고 합니다."

"앙드레 고르?"

"네. 난 당신이 정말 맘에 드는데 우리 친구하면 안 될까요?"

앙드레 고르는 대뜸 이렇게 말했습니다. 마음 한편으론 혹시나 도린이 거절하면 어떡하지, 하는 걱정스런 마음이 들었지만.
그런데 그의 걱정과 달리 그녀는 흔쾌히 말했습니다.

"그럴까요. 나도 당신이 마음에 드는군요."

"저, 정말입니까? 가, 감사합니다. 도린."

그렇게 그 둘은 친구가 되었습니다.

그들은 만나면 만날수록 서로가 서로에게 운명 같은 존재라
고 생각했습니다. 앙드레 고르는 도린을 만나면 그렇게도 편안
했고 너무 행복해 헤어지는 게 너무 싫었습니다. 그런 감정은
도린 역시 마찬가지였습니다.

"도린, 난 도린이 너무 좋아요. 당신과 만났다 헤어지는 게 너
무 싫어요. 도린은 나의 운명입니다."

앙드레 고르는 매우 진지한 자세로 말했습니다.

"고르, 나 역시 당신을 만났다 헤어지면 그 순간부터 너무 당
신이 보고 싶어요."

도린의 말을 들은 앙드레 고르는 용기를 내어 말했습니다.

"도린, 그러면 우리 함께 살아요. 네, 도린?"

"그 말 정말이에요?"

도린이 반색을 하며 말했습니다.

"물론이지요. 당신만 좋다면……."

"네, 좋아요. 나도 그러고 싶어요."

"도, 도린, 사랑해요."

앙드레 고르는 감동한 얼굴로 말했습니다.

"고르, 나도 사랑해요."

이렇게 해서 그들은 부부가 되었습니다. 두 사람은 결혼하면서 한마음으로 서로 약속을 했습니다.

"도린, 우리 건강하고 행복하게 오래오래 살아요."

"네, 고르. 우리 행복하게 오래오래 살아요."

"근데, 도린 나 당신한테 약속할 게 있어요."

"네, 뭔데요?"

"난 당신이 나보다 오래 살길 바라요. 그런데 당신이 나보다 먼저 하늘나라로 간다면 외롭지 않게 같이 가겠어요."

"오, 나의 고르. 그 말 진심이에요?"

고르의 말을 듣고 도린은 감동한 얼굴로 물었습니다.

"그래요. 진심이에요. 당신 없는 세상은 단 1초도 나에겐 의미가 없어요."

앙드레 고르는 도린의 손을 꼭 잡고 이 세상의 모든 행복을 다 가진 듯 행복한 얼굴로 말했습니다.

"고르. 고마워요. 나를 그처럼 사랑하다니⋯⋯. 오, 나는 정말 행복한 여자예요. 근데 고르 나도 당신에게 할 말이 있어요."

"네, 뭔데요?"

"나 역시 당신처럼 당신이 나보다 오래 살길 바라요. 그런데, 나보다 당신이 먼저 하늘나라로 가면 나도 당신과 같이 가겠어요."

"오, 나의 도린. 난 정말 행복한 남자예요. 당신이 내게 있어 너무 감사해요. 도린, 사랑해요. 우리 아주 오래 행복하게 살아요."

"네, 그래요. 우리 후회 없이 사랑하고 살아요."

그들은 한날한시에 같이 생을 마감하기로 서로 굳게 약속 했습니다. 그리고 오랜 세월 서로를 존중하며 행복하게 살았습니다. 그런데 그들에게 암울한 일이 발생했습니다. 도린이 60세 되던 해 거미막염이란 불치병에 걸린 것입니다.

뇌의 표면은 2층으로 된 엷은 막으로 싸여 있는데, 그 외층이 거미막입니다. 거미막염이란 출혈로 인해 이곳에 염증이 생기는 병인데 자칫하면 언제든지 목숨을 잃을 수 있는 불치병입니다. 말하자면 하루하루 시한폭탄을 안고 사는 것과 같은 무서운 병입니다.

"오, 이럴 수가……. 도린, 어떻게 당신에게 이처럼 무서운 병이……. 오, 하나님이시여, 나의 도린을 살려주세요. 그래서 오래오래 살게 해주세요. 오, 나의 하나님."

앙드레 고르는 의사로부터 도린의 병명이 거미막염이란 말을 듣고 이렇게 기도했습니다. 고르의 그늘진 얼굴을 볼 때마다 도린은 엷은 미소를 지으며 이렇게 말했습니다.

"고르, 너무 걱정 말아요. 난 당신하고 오래오래 행복하게 살 거예요. 난 그럴 준비가 되어 있어요. 당신만 나하고 똑같이 생각하면 돼요. 알았죠. 나의 고르……."

고르는 너무도 태연하게 말하는 도린의 모습에서 깊은 신뢰와 자신감을 얻을 수 있었습니다.

"그래요, 도린. 당신이 절대로 안 죽게 하겠소. 우린 더욱 행복하게 살 권리가 있어요. 그러니 우린 그렇게 살아야 하오."

"네, 그래요 고르. 당신 말이 백번 옳아요. 우린 지금도 그래 왔듯이 앞으로도 그렇게 사는 거예요. 고르, 나 지금 너무 행복해요."

"도린, 나도 너무 행복하다오."

그들은 이렇게 말하며 서로를 뜨겁게 포옹하였습니다. 이렇듯 강인한 믿음으로 도린은 그날로부터 무려 23년 동안이나 행복하게 인생을 즐기며 살았습니다.

그러던 어느 날 그들에게 운명 같은 날이 찾아왔습니다. 도린이 더 이상 살 수 없을 만큼 병이 악화되었던 것입니다.

"고르, 나는 더 이상 살 수 없지만 당신은 오래 살아야 돼요. 아시겠지요?"

83세의 노약한 도린은 힘없는 목소리로 말했습니다.

"그게 무슨 말이오. 그 옛날 우리가 한 약속을 잊었소?"

"무슨 약속이요?"

"이런 정말 잊었나 보구려. 우리가 결혼해서 서로에게 했던 약속 말이오."

"우리가 무슨 약속을 했나요?"

"오, 저런……. 병이 깊어 기억이 잘 안 나는가 보구려. 가엾은 나의 도린……."

앙드레 고르는 이렇게 말하며 쇠약해지고 주름진 도린의 얼굴을 부드럽게 어루만져주었습니다.

"나의 사랑이여, 여전히 당신은 아름답구려. 도린, 약속이 생각 안 나면 굳이 생각하지 말아요."

고르는 도린이 그 옛날의 약속을 기억하지 못하는 줄로 여기며 이렇게 말했지만 사실 도린은 그 약속을 기억하고 있었습니다. 그녀가 그렇게 말한 것은 앙드레 고르가 그 약속을 잊었기를 바랐기 때문입니다. 그러면 자신이 죽더라도 사랑하는 남편이 더 살 수 있을 거라 생각했던 것입니다.

앙드레 고르가 깊이 잠이 든 걸로 안 도린은 숨죽여 울었습니다. 그토록 사랑하는 남편과 더 이상 살지 못하고 영원한 이별을 해야 한다는 생각이 도린을 슬프게 했습니다. 도린은 가냘프고 연약한 손으로 앙드레 고르의 손을 꼭 쥐었습니다.

"오, 영원한 내 사랑, 고르. 당신과 평생을 함께한 나는 너무 행복한 여자예요. 고르, 내가 먼저 가더라도 당신은 더 인생을 즐기다 오셔야 해요. 나의 고르, 내 남편, 내 사랑 고르……."

도린은 떨리는 목소리로 나지막이 중얼거렸습니다.

앙드레 고르는 숨죽여 울었습니다. 그는 잠들지 않은 채 도린의 모든 말을 다 들었던 것입니다.

드디어 운명의 날이 왔습니다.

"도린, 왜 그러오. 어디 안 좋소?"

도린이 괴로운 듯 두 손으로 머리를 감싸안고 얼굴을 찡그렸습니다. 앙드레 고르는 쭈그러진 밤송이같이 까칠한 도린을 부둥켜안고 울부짖었습니다.

"도린! 도린……. 오, 이런, 당신을 위해 내가 해줄 게 아무것도 없다니……. 오, 세상에……. 미, 미안하오. 도린……."

앙드레 고르의 주름진 볼을 타고 눈물이 주르르 흘러내렸습니다. 도린은 자신의 최후를 알고 있는 듯 힘겨운 소리로 말했습니다.

"고르, 내 사랑 고르……. 이제 떠날 시간이……. 다, 된 것 같아요. 당신을 만나……, 정말 행복했어요……. 내가 먼저 가더라도 슬퍼하지 말고…… 잘 지내다 오세요. 아셨죠? 저, 정말 고마웠어요. 나의 고르……. 나, 의, 고…… 르……."

도린은 이렇게 말하며 움직일 줄 몰랐습니다.

"도린! 도린! 날 좀 보구려. 오, 이럴 수가……."

앙드레 고르는 절박한 마음으로 외쳤지만 도린은 아무런 기척이 없었습니다. 앙드레 고르는 도린을 어루만지며 눈물을 흘렸습니다. 그리고는 도린 옆에 나란히 누워 갈고리 같은 도린의 손을 꼭 잡았습니다. 그리고 얼마 후 그도 영원히 눈을 감고 말았습니다.

앙드레 고르는 아내와의 약속을 지키기 위해 아내와 함께 나란히 침대에 누워 생을 마감했습니다.

프랑스 주간지 〈누벨 옵세르바뢰르〉를 공동 창간하고, 프랑스 '68 혁명'의 이론적 지도자 가운데 한사람이며, 1970년대 이래 생태주의 운동에 힘을 바친 좌파 지식인으로서 평생 도린만을 사랑하며 살았던 앙드레 고르. 그리고 앙드레 고르를 사랑하며 살았던 도린.

그들은 60년 전에 한 약속을 지키기 위해 한날한시에 하늘나라로 여행을 떠났습니다. 죽음도 그들의 사랑을 막을 수 없었습니다. 그들의 사랑은 진실로 강했습니다. 그리고 위대했습니다.

● ● ●

완전한 사랑은 위대한 사랑의 절정이다

사람들은 말합니다. 완전한 사랑은 없다고. 그러나 그 누구도 행할 수 없는 사랑의 일체, 그것을 앙드레 고르와 도린은 전 세계인에게 보여주었습니다.

이 세상 그 어디에서 이처럼 찬란하게 아름답고 슬픈 사랑을 볼 수 있을까요. 아무리 사랑이 소중하다 한들 죽어가는 아내를 홀로 떠나보낼 수 없어, 천국의 길동무가 되어 준 앙드레 고르. 그는 가장 위대한 사랑을 보여준 이 시대에 있어 가장 로

맨틱한 사람입니다.

그들의 순결하고 고귀한 사랑 앞에 많은 사람들이 슬퍼하며 애도했습니다. 이런 완전한 사랑이야말로 가장 위대한 삶의 완성인 것입니다.

당신은 어떤 사랑을 꿈꾸십니까? 그야 두말하면 잔소리라고요! 네, 그렇습니다. 두말하면 잔소리가 되겠지요. 당신 또한 가장 로맨틱한 사랑을 원할 것입니다. 그렇다면 그런 사랑을 하십시오. 사랑은 학벌로 하는 것도 아니고 물질로만 하는 것도 아니고 지위와 명예로 하는 것은 더더욱 아닙니다. 상대를 너그럽고 자애롭게 품어줄 수 있는 사랑만 있다면 당신은 위대한 사랑으로 가는 길목에 있다고 하겠습니다.

완전한 사랑을 이루는 지혜

사랑도 열심히 갈고닦아야 합니다. 가만히 있는 사람에겐 아름다운 사랑이 오지 않습니다. 아름다운 사랑은 열심히 노력하는 사람에게 찾아오는 인생의 선물입니다.

사랑을 값지게 하면 품격 있는 사랑이 따라오지만 사랑을 가볍게 여길 경우 사랑은 한없이 초라해집니다. 품격 있는 사랑을 하십시오.

멋진 사랑을 쟁취하고 싶다면 상대가 자신에게 무엇을 해주길 기다리지 말고 자신이 먼저 다가가십시오. 다가가는 사랑이 아름답습니다. 그리고 그런 사랑이 완전하고 오래가는 법입니다.

사랑하라, 행복한 인생을 교디하라

조건을 두지 않는 사랑

"당신은 조건을 두지 않는 사랑을 선택했는지요?"라고 물으면 "네, 그래요"라고 시원스럽게 대답할 수 있습니까? 만일, 당신이 "네"라고 대답할 수 있다면 당신은 사랑만을 위한 사랑을 선택한 로맨티시스트라고 말할 수 있습니다. 지금 같은 물질주의 시대에 그런 당신은 천연기념물 같은 존재이니까요. 조건이 우선하는 사랑은 그 조건이 깨져버리면 쉽게 금이 가고 마는 살얼음판과 같은 사랑이지요.

그러나 오직 사람만 보고 선택하는 사랑은 견고한 뿌리를 가진 거목과도 같습니다. 그래서 웬만한 인생의 태풍에는 끄덕도 하지 않습니다. 만일, 당신이 정녕 충만한 행복을 원한다

면 절대로 조건에 목숨을 걸지 마십시오. 조건에 매여 취하는
사랑은 자신에게나 상대에게도 그다지 바람직하지 않습니다.
당신이 그런 생각의 강물에 빠져 허우적거리고 있다면 지금
당장 그 생각의 강물로부터 과감하게 빠져나오기 바랍니다.

모자란 것을 채워주며 행복한 인생을 코디하라

　물질, 지위, 외모 등 모든 것을 갖춘 이를 보면 같은 사람으
로서 부럽기도 하고 자신도 그런 사람이길 원합니다. 인생이
두 번을 거듭 살 수 있다면 좋겠지만 하나님께서 그것만큼은
허락하시지 않았습니다. 거듭 살 수 있다면 삶의 소중함을 잊
기 쉽고 인생의 가치를 그저 그렇고 그런 정도의 따위로밖에
인식하지 않기 때문입니다.

　부부란 모자라는 것은 서로 채워주며 머나먼 인생의 레일을
함께 가는 생의 동행자입니다. 사람은 무엇이나 다 잘할 수는
없는 존재입니다. 잘하는 것이 있으면 못하는 것도 있습니다.
이럴 때 남편이 못하는 것은 아내가 채워주고 아내가 부족한
것은 남편이 채워주면서 인생을 코디하는 것이 부부입니다.

　그런데 이런 부부의 역할이 막힐 때 둘 사이에 문제가 발생
하게 됩니다. 굴뚝이 막히면 뚫어야 하고 다리가 끊기면 이어
야 하듯 부부 사이에 벽이 가로놓이면 그 벽을 허물어야 합니

다. 부부는 서로 잘 통해야 합니다. 소통이 잘되어도 인생은 짧습니다. 100년도 안 되는 짧은 인생을 서로 채워주면서 가는 사랑이 참 좋은 사랑입니다.

어떤 젊은 연인이 있었습니다. 그들은 서로를 너무도 사랑했습니다. 그러나 그들은 초라할 만큼 가난하였습니다. 그들은 많이 배우지도 못했고 가진 것이라곤 건강한 몸과 서로에 대한 깊은 사랑뿐이었습니다. 하지만 그들은 사랑했으므로 너무 행복했습니다.

"윤희야, 미안해. 내가 형편만 좋았더라면 너에게 더 잘해줄 텐데……. 저, 정말 미안해."

재식은 윤희를 만날 때마다 가난한 것이 자신의 죄라도 되는 양 말하곤 했습니다.

"그게 무슨 말이야? 가난하다고 해서 한 번도 오빠를 미워해본 적이 없어. 가난이 무슨 죈가? 열심히 벌어서 행복하게 살면 되잖아."

윤희는 사려 깊은 여자답게 늘 이렇게 말하며 재식을 감동시켰습니다.

"윤희야, 고마워. 정말 잘할게. 너의 일이라면 볏단을 지고 불구덩이라도 뛰어들 거야. 알았지?"

"그래, 알았어. 그러니 우리 실반지 하나씩만 증표로 해서 결혼하자. 응, 오빠?"

윤희는 가진 것 없어도 사랑하는 재식과 한집에서 톡톡톡 깨가 쏟아지게 살고 싶었습니다. 재식은 평소 결혼식 비용이라도 모으고 결혼하자고 말해왔던 터라 윤희가 더 이상 참지 못하고 이렇게 말했던 것입니다.

"어떻게 그래…… 나는 괜찮지만 너는 두고두고 후회할 거야."

"아니, 절대 후회 안 해. 그러니 우리 더 이상 미루지 말고 있는 그대로 결혼해. 응, 오빠?"

"정말 그럴 수 있겠어?"

"응. 사랑하는데 뭐가 문제야. 나에겐 오빠만 있으면 그것만으로도 충분해."

"유, 윤희야. 저, 정말 고마워."

"오빤, 고맙긴 뭐가. 내가 오히려 고맙지……. 오빠, 우리 언제나 변함없이 서로 아끼고 사랑하는 거야?"

"그래. 이 세상 끝까지 널 사랑하겠어. 아니, 죽음이 우리를 갈라놓아도 난 널 사랑할 거야."

"정말?"

"그럼, 정말이고말고."

"어떤 상황에서도?"

"물론이지. 그 어떤 상황에서도 난 널 지켜줄 거야."

"사랑해, 오빠."

"나도……."

서로의 깊은 사랑을 다시 한번 확인한 그들은 날짜를 정해 결혼을 하기로 했습니다.

드디어 그들이 결혼하기로 정한 날이 되었습니다. 그날은 온 세상이 눈이 부실 만큼 화창했습니다. 하늘도 그들의 결혼을 축하해 주는 것 같아 그들은 너무도 기뻤습니다.

그들은 예배당으로 갔습니다. 하객은 아무도 없었지만 십자가가 두 사람의 결혼식 증표가 되었습니다.

그들은 성경에 손을 나란히 포개 얹고는 언약식을 하였습니다.

"나, 안재식은 지금 이 순간 나윤희를 아내로 맞아 기쁠 때나 슬플 때나 힘들 때나 괴로울 때나 늘 정성과 믿음과 성실로써 아끼고 사랑할 것이며, 죽음이 우리를 갈라놓아도 변함없이 나의 사랑을 바칠 것을 맹세합니다."

재식은 차분하지만 당당하고 힘 있는 목소리로 자신의 사랑의 의지를 밝혔습니다.

"나, 나윤희는 안재식을 남편으로 맞아 이 순간부터 영원토록 믿고 아끼고 사랑할 것이며 그 어느 때나 변함없이 한결같은 마음으로 내 사랑을 바칠 것을 맹세합니다."

윤희의 목소리는 잔잔했지만 뜨거운 사랑이 담뿍 담겨 있었습니다.

서로에게 실반지를 끼워줌으로써 결혼식은 끝이 났습니다. 그렇게 그들은 부부가 되었습니다.

단칸방 살림으로 비록 초라하고 가난했지만 그들은 호화 아파트가 부럽지 않았습니다. 하루하루가 그들에겐 늘 새롭고 행복한 순간이었습니다.

근근하게 살아가던 그들에게 아기가 생겼습니다. 둘이 살 때보다 더 많은 돈이 필요했고, 아이의 장래를 위해 탄광촌으로 갔습니다. 그곳은 배우지 못해도 몸만 건강하면 얼마든지 돈을 벌 수 있는 곳이었습니다. 다행스럽게도 그는 잘 아는 고향 사람 소개로 탄광에 취직할 수 있었습니다.

"윤희야, 이제 걱정 마. 취직도 했으니까 이제 열심히 돈 벌어서 우리 세 식구 남부럽지 않게 사는 거야. 알았지?"

"응, 오빠."

재식은 윤희를 꼭 안아주었습니다.

재식은 너무도 성실한 사람이었습니다. 그는 비가 오나 눈이 오나 바람이 몰아쳐도 하루도 결근한 적 없이 열심히 일했습니다.

"저, 친구 참 열심이야. 나이도 어린 사람이 어쩌나 부지런한지. 또 예의까지 바르니 참 좋은 젊은이야."

재식과 함께 일하는 사람들은 입에 침이 마르도록 그를 칭찬했습니다. 행복한 미소가 흐르는 가운데 탄광촌의 생활도 익숙해져 갔습니다. 아기도 건강하게 무럭무럭 잘 자랐고 윤희는 살도 통통하게 오르며 빛이 났습니다. 하루가 너무 빨리 지나가 시간이 아까울 정도로 행복했습니다.

1년이 가고 2년이 가고 그들의 통장엔 금싸라기 같은 돈이 쌓여갔습니다. 늘어가는 통장 잔고를 바라보는 것만으로도 윤희는 배가 불렀습니다.

그러던 어느 날이었습니다. 그날은 많은 비가 내렸습니다. 윤희는 우산을 들고 남편을 마중 나갔습니다. 칠흑 같은 어둠을 뚫고 한 남자가 오고 있었습니다. 그녀는 그가 남편임을 알아차리고 앞으로 달려 나갔습니다.

"여보! 나예요."

"윤희야! 비 오는데 왜 나왔어!"

윤희가 소리치자 그녀를 보고 재식이 손을 흔들며 소리쳤습니다.

윤희는 반가운 마음에 재식만 주시하며 달려갔습니다. 바로 그때 저쪽에서 차가 달려오고 있었습니다. 윤희는 달려오는 차를 미처 보지 못했습니다. 순간 그것을 본 재식이 소리쳤습니다.

"안 돼! 오지 마!"

그러나 윤희는 그 소리를 제대로 알아듣지 못했습니다. 그러자 재식이 그녀를 막기 위해 몸을 날렸습니다. 그러나 재식은 안타깝게도 트럭 백미러에 받치고 말았습니다.

순간적이었습니다. 재식은 나뒹굴며 도로에 쓰러졌습니다. 쓰러진 재식은 죽은 듯 아무런 미동도 하지 않았습니다. 너무도 급작스런 일로 소스라치게 놀란 윤희는 그 자리에 얼음기둥처럼 얼어붙은 채 잠시 할 말을 잃고 말았습니다. 그리고 잠시 후 퍼붓는 빗줄기 속에서 그녀는 몸부림치며 울부짖었습니다.

"여보! 여보, 안 돼! 죽으면 안 돼……. 여보! 여보, 나야……. 날 좀 봐봐……. 눈 뜨고, 날 보란 말야……. 여보, 눈 떠봐! 눈 뜨고, 날 보란 말야……."

그녀의 절규는 어둠을 뚫고 새가 되어 멀리 멀리 퍼져 나갔습니다.

병원으로 실려 간 재식은 병원에 도착하기 전에 이미 숨이 끊어진 상태였습니다. 그는 아무런 말 한마디 남기지 못한 채 그렇게 바람같이 그녀 곁을 떠나고 말았습니다.

"여보! 여보! 눈 떠봐……. 왜 꼼짝도 안 하는 거야……. 여보, 여보, 미, 미안해……. 모두가 나 때문이야……. 내가 아니었다면, 다, 당신이…… 당신이 이런 일을…… 안 당했을 텐데……. 내가 죽고…… 당신이 살아야 되는데……. 어, 어떻게 이런 일이……. 내가, 내가 죄인이야. 여보…… 여보, 미안해 여보……."

윤희는 병원이 떠나가도록 구슬프게 울었습니다. 그녀가 서글프게 우는 모습을 보고 병원에 있던 사람들은 하나같이 안타까워했습니다.

재식의 장례식은 탄광회사 장으로 치러졌습니다.

"안재식 씨는 성실하고 예의 바르고 궂은일은 자신이 도맡아

하고 회사 일을 내 몸처럼 사랑한 참으로 멋진 우리들의 동료였습니다. 그의 선한 웃음은 피로에 지친 동료들에겐 늘 위안을 주었고, 진실한 삶이 무엇인지를 온몸으로 보여준 이 시대의 초석 같은 사람이었습니다. 또한 그는 아내와 아기를 살리기 위해 달려오는 차에 자신의 목숨을 바쳤습니다. 그는 진정한 사랑이 무엇인지를 깨닫게 해준 살신성인의 위대한 목숨이었습니다. 그가 우리에게 남겨준 이 아름다운 교훈을 절대 잊지 않겠습니다. 그와 더 행복한 시간을 보낼 수 없다는 것이 참으로 슬프고 안타깝습니다. 부디 하늘나라에선 이 땅에서 이루지 못한 사랑과 꿈을 다 이루기를 바랍니다. 당신을 만날 수 있어 우리 동료들은 참으로 즐겁고 행복했습니다. 사랑합니다. 잘 가십시오."

추도사를 마치자 장지는 눈물바다를 이루었습니다. 그리고 곧이어 하관식이 시작되었습니다. 그 모습을 눈물 속에서 지켜보던 윤희는 미친 듯이 관에 매달리며 소리쳐 울부짖었습니다.

"여보, 가지 마! 다, 당신 없이……, 나는 어떻게 살라고……. 우리 아기는…… 어, 어떡하고……. 여보, 왜 그러고 누워 있어. 어서 일어나……. 어서, 빨리 일어나……. 지, 지금이라도……, 도, 돌아와서 윤희야, 하고 불러 봐! 응, 여보……."

"윤희 씨, 이러시면 안 돼요. 윤희 씨가 이러면 재식이가 맘 편히 가지 못해요."

재식의 친구인 영철이 억지로 눈물을 참으며 윤희를 일으켜

세웠습니다.

"아, 안 돼! 여, 여보!"

윤희는 땅바닥에 주저앉아 통곡하였습니다. 그녀의 모습은 절망과 비참함 그 자체였습니다.

윤희의 피맺힌 절규는 하늘을 울리고 땅을 울리고 사람들을 울렸습니다. 재식의 장례식은 슬픔과 안타까움 속에서 간신히 끝이 났습니다.

재식은 사랑하는 아내를 살리기 위해 자신의 몸을 초개같이 던지고, 길 위에 구르는 마른 낙엽처럼 쓸쓸히 가고 말았습니다. 참된 사랑은 사랑하는 이를 위해 죽음도 불사하는 것입니다.

재식은 갔지만 윤희는 힘들고 외로울 때마다 자신을 위해 죽은 그를 생각하며 선물로 남겨주고 간 아기를 최선을 다해 키우며 살고 있습니다. 그녀는 힘들 때마다 아기와 함께 남편의 뒤를 따를까도 생각했지만, 그럴 때마다 어디선가 남편의 목소리가 들려왔습니다.

'당신 곁엔 내가 있으니 용기를 잃지 마……. 절대 나쁜 생각 하지 마…….'라고.

그럴 때마다 그녀는 다시 용기를 내어 들꽃처럼 악착같이 살았습니다.

"여보, 잘 지내지. 나도 잘 지내……. 우리 딸 미진이도 이젠 초등학생이야……. 얼마나 예쁜지 몰라……. 공부도 반에서 1등이야. 우린 잘 살고 있으니까 아무 걱정도 하지 마……. 이 모두가 당신이 늘 지켜주고 보살펴 준 덕분이야……. 여보, 정말 고마워. 언제나 당신 잊지 않을게……. 우리 언제나 지켜봐 줘. 그리고 내가 먼 훗날……, 당신 만나러 갈 때까지 날 기다려 줄 거지? 여보, 고마워……. 정말 고마워……. 여보……."

윤희의 눈에서는 맑은 눈물이 흘러내렸습니다.

● ● ●

최선의 사랑을 원한다면

러시아 소설가 안톤 체호프는 "사랑할 수 있다는 것은 모든 것을 행할 수 있다는 것이다."라고 했습니다.

그렇습니다. 사랑한다면 아까울 것도 없고 못할 것이 없습니다. 사랑하는 마음속엔 사랑하는 사람에 대한 열정이 불꽃처럼 타오르기 때문이지요.

이 이야기에서 보듯 재식의 윤희에 대한 사랑은 최선의 사랑입니다. 최선의 사랑은 자신을 아끼지 않으며 그 어떤 상황에서도 두려워하지 않습니다. 최선의 사랑은 오직 사랑하는 이에 대한 사랑만을 생각합니다. 그래서 최선의 사랑은 미치도록 아름답고 미치도록 눈물겹습니다.

독일의 시인이자 소설가인 괴테는 이렇게 말했습니다.

"사랑은 최대의 모순을 융화하고 이 세상을 하나가 되는 길로 인도한다."

괴테의 말처럼 사랑은 조화롭지 못한 인간의 삶을 하나로 잇게 하여 최선의 행복으로 이끄는 인생의 좌표입니다.

당신 역시 최선의 사랑을 원할 것입니다. 그렇다면 최선의 마음으로 당신이 사랑하는 이를 사랑하십시오.

모자라는 것을 채워주며
행복한 인생을 코디하는 지혜

사랑은 서로의 가슴을 행복으로 채워주지요. 이는 사랑하는 마음엔 넉넉함이 들어 있고 열정이 폭포처럼 쏟아져 내리기 때문입니다. 그래서 사랑을 하면 상대방의 단점도 덮어주고 사랑으로 모든 것을 이해하고 받아들이게 되는 것입니다. 최선을 다해 사랑하고 사랑하십시오.

할 수만 있다면 사랑하는 이가 원하는 대로 해주십시오. 사람은 늘 사랑하는 이에게 자신이 사랑받고 있다는 것을 확인받고 싶어 한답니다.

최선의 사랑은 모든 것을 가능하게 합니다. 당신이 사랑하는 이가 조금은 마음에 들지 않을 때라도 당신의 사랑을 놓지 마십시오. 사랑은 낙엽처럼 가벼운 것이 아니니까요. 당신이 꾸준히 사랑하고 있다는 것을 보여주십시오. 그것이 당신이 사랑받는 최선의 방법입니다.

사랑은 가장 든든한 인생의 백그라운드이다

온 세상이 모두 등을 돌려도 사랑하는 마음만 있다면

사랑은 사람이 살아가는 데 있어 가장 든든한 빽(Back Ground)입니다. 사랑하는 마음만 있으면 마음에 여유가 생기고 세상을 대하는 데 한없이 너그러워지지요. 어디 그뿐인가요. 용기가 샘솟듯 솟아나고 태산을 갈아엎어 평지를 만들고 싶은 만큼 자신감이 넘쳐흐르지요. 무인도에 갇혀 있거나 굴이 무너져 내려도 사랑하는 사람만 있으면 그를 떠올리며 꿋꿋하게 버텨냅니다. 하루아침에 사업이 와르르 무너져 내려도 사랑하는 사람만 곁에 있어준다면 툭툭 털고 일어나 인생 제2막을 향해 달려갈 것입니다.

그러나 그 사랑이 없다면, 사랑하는 사람이 없다면 끈 떨어진 연처럼 이리저리 갈피를 잡지 못하고 방황의 숲길에서 헤어나지 못할 것입니다.

"사랑은 죽음보다도 죽음의 공포보다도 강하다. 그 사랑만으로 인생은 유지되고 진보되는 것이다."라고 투르게네프는 말했습니다. 사랑의 힘이야말로 그 어느 것보다도 강하고 든든한 인생의 빽입니다.

이처럼 높고 강력한 사랑에 의지하는 사람이야말로 아름다운 인생의 주연이 될 수 있습니다.

서로 기댈 수 있는 인생의 쉼터가 되어주라

부부란 서로 기대 쉴 수 있는 인생의 쉼터입니다. 인생이란 머나먼 길을 함께 동행하다 보면 뜻하지 않은 장벽에 부딪치기도 하고 험준한 시련의 산이나 고통의 강을 만나기도 합니다. 그런 일 없이 순탄하다면 좋기는 하겠으나 인생의 참 묘미는 알 수 없을 것입니다. 인생의 참맛은 어려움을 극복하고 나아가 행복의 깃발을 꼽는 것입니다. 이는 알피니스트가 산을 정복하고 정상 한복판에 정복을 상징하는 깃발을 꽂는 것과 같은 것이지요.

그러나 그런 깃발을 아무나 꽂을 수는 없습니다. 깃발을 꽂기 위해서는 그만한 자격을 갖추어야 합니다. 하지만 혼자서는 그러한 자격을 갖출 수가 없습니다. 반드시 둘이 이루어내야 합니다. 그 일은 혼자 하기에는 힘이 들지요. 그래서 꼭 둘이 해야만 합니다. 그런데 그 일을 하다 보면 너무 힘이 듭니다. 이럴 땐 서로가 서로에게 편안한 쉼터가 되어야 합니다. 편안하고 안락한 의자 같은 쉼터, 그런 쉼터가 서로에게 되어주어야 합니다. 그래서 둘이 함께하는 삶이 혼자인 삶보다 풍요롭고 아름다운 것이지요.

은정의 남편 동민은 38살의 건실한 사람입니다. 그런데 그도 전 세계적으로 불어닥친 불황을 피해 갈 수 없었습니다. 그의 회사는 대대적인 구조조정에 들어갔고, 동민 역시 10년 넘게 몸담아 온 회사로부터 정리해고되고 말았습니다.

구조조정이 있을 거라는 말이 떠돌자 동민은 한 가닥 희망을 갖고 기도했지만, 안타깝게도 그의 간절한 바람은 이루어지지 않았습니다. 최종 통보를 받은 날 그는 도저히 맨 정신으로 집에 들어갈 자신이 없었습니다.

"수지 아빠, 너무 걱정하지 마. 당신은 잘될 거니까."

아침에 출근할 때 은정이 그렇게 말했지만 집에서 초조하게 기다리고 있을 그녀를 생각하니 너무 마음이 아팠습니다.

그는 집으로 향하다 차의 방향을 틀어 지난해 5월 가족 나들이를 갔던 충주 탄금대로 향했습니다. 그의 비참한 마음과는 달리 4월의 하늘은 구름 한 점 없이 맑고 푸르렀습니다.

"이제, 어떻게 한단 말인가……. 내가, 어떻게…… 무슨 낯으로 그 사람 얼굴을 대하지……. 내가 이 정도밖에 안 되는 존재였단 말인가……. 수지야, 아빠가, 아빠가 네게 너무 미안하구나……. 너한테 좋은 아빠가 되고 싶었는데, 못난 아빠가 되었구나……."

동민은 감정이 격해지자 더 이상 차를 운전할 수 없어 길옆에 차를 세웠습니다. 그러곤 큰 소리로 엉엉 울었습니다. 자신에게 닥친 현실이 너무 참담해 견딜 수 없을 만큼 괴로웠던 것입니다.

동민은 탄금대에 도착해 흐르는 강물을 하염없이 바라보았습니다. 그때 어디선가 딸 수지의 "까르르" 웃는 해맑은 웃음소리가 들리는 듯했습니다. 순간 그는 고개를 들고 사방을 두리번거렸지만 그 어디에도 수지는 없었습니다. 다잡을 수 없을 만큼 마음이 혼란스러워 견딜 수가 없었습니다. 그는 두 손으로 머리를 감싸 안고 또다시 울기 시작했습니다. 울고 또 울어도 그의 마음은 진흙탕처럼 어수선했습니다.

한참을 흐느끼던 그는 입술을 질끈 깨물며 무언가를 결심한 듯 자리에서 벌떡 일어났습니다. 그러곤 집으로 전화를 걸었습니다. 그러나 그는 어떤 말도 할 수 없었습니다.

"여보세요. 여보세요?"

은정의 목소리를 듣자 그는 가슴이 뜨끔거리며 아려왔습니다. "흐윽!" 하는 소리와 함께 눈물이 핑 돌았습니다.

"수지 아빠!"

"……."

은정의 긴장감 도는 목소리엔 그를 걱정하는 마음이 듬뿍 담겨 있었습니다. 그러나 그는 아무런 말도 할 수 없었습니다.

"여보! 나 괜찮으니까 걱정하지 마. 내겐 당신만 있으면 돼. 당신이 내게 가장 소중하니까. 알았지, 여보?"

은정의 목소리가 가늘게 떨렸습니다. 동민은 그런 은정을 생

각하니 더 이상 그녀의 마음을 아프게 해서는 안 된다는 생각
이 들었습니다.

"여보! 미, 미안해. 정말 미안해……."

"아니, 당신 미안한 거 하나도 없어. 괜찮아, 다 괜찮아. 그러
니 미안해하지 않아도 돼. 여보, 보고 싶어. 빨리 와. 당신 좋아
하는 생태찌개 맛있게 끓여놓을게. 응, 여보."

"그, 그래. 그럴게. 지금 바로 갈게……."

"고마워 여보."

전화를 끊은 동민은 집을 향해 달려갔습니다. 50여 분 만에
집에 도착한 그는 미친 듯이 집으로 뛰어갔습니다. 은정과 수지
가 너무 보고 싶었던 것입니다. 초인종을 누르는 그의 손이 가
볍게 떨렸습니다. 문이 열리고 아내와 수지가 환하게 웃으며 그
를 맞았습니다.

"여, 여보!"

"여보."

동민과 은정은 오랜만에 만나는 사람처럼 부둥켜안았습니
다. 은정의 품은 너무도 따스했습니다. 동민과 은정은 물기 고
인 눈으로 서로를 바라보았습니다. 아빠와 엄마를 지켜보고 있
던 수지가 말했습니다.

"아빠!"

"어, 그, 그래. 수지야."

동민은 이렇게 말하며 수지를 꼭 안아주었습니다.

"아빠, 난 아빠가 정말 좋아."

"그래? 얼마나?"

"이만큼."

수지는 두 팔을 벌려 크게 원을 그리며 말했습니다.

"그렇게나 많이?"

"응, 아빠."

"고마워, 수지야."

"고맙긴. 당연한 거지."

"하하, 그래? 나도 우리 수지가 너무 좋아."

"고마워 아빠."

"뭐가? 당연한 거지."

"호호호, 아빠가 나하고 똑같이 말하네."

"그, 그래. 하하하……."

동민도 은정도 딸 수지도 깔깔거리며 웃었습니다. 그러곤 맛있는 저녁을 먹었습니다.

동민이 집에서 지낸 지 한 달이 다 되어가도록 직장은 구해지지 않았습니다. 은정은 이참에 아무 걱정하지 말고 푹 쉬며 천천히 알아보라고 했지만 가장인 동민은 하루하루 피가 마르는 것 같고 마음이 편치 않았습니다. 그는 괴로운 나머지 술을 마시고 좌절감에 사로잡히기도 했습니다.

은정은 어깨가 축 처져 있는 동민을 보고 있으면 마음이 아팠습니다. 남편이라서가 아니라 누구보다도 성실하고 부지런하였고, 그래서 사장 표창도 두 번씩이나 받았는데 그런 그가 이런 일을 당한 것이 너무 안타까웠던 것입니다.

은정은 동민이 편한 마음으로 직장을 구하도록 그를 편하게 해주었습니다. 그리고 어떻게 하면 용기와 자신감을 줄 수 있을지에 대해 곰곰이 생각하였습니다. 그러나 좀처럼 색다른 방법이 떠오르지 않았습니다.

그러던 어느 날 은정은 입가에 미소가 번지는 멋진 아이디어를 찾았습니다. 그녀는 도서관에서 하는 '자녀지도를 위한 어머니 글쓰기 교실' 강사에게 한 편의 좋은 시는 수백 페이지가 넘는 장편소설보다도 더 큰 감동을 준다는 얘기를 들었습니다. 그래서 좋은 시는 용기를 잃은 사람에게 용기를 주고, 꿈을 꾸는 자에겐 꿈을 주고, 죽음의 문턱에 있던 사람도 죽음의 절망으로부터 털고 일어나 새로운 인생을 걸어가게 한다는 것이었습니다. 순간 은정은 '그래, 바로 이거야' 하고는 무릎을 탁 치곤 회심의 미소를 지었습니다.

수업을 마치고 집으로 온 은정은 시집을 있는 대로 뒤적이며 맘에 드는 시를 골랐습니다. 그러고는 예쁜 종이에 시를 옮겨

적었습니다. 은정은 시를 적은 종이를 곱게 접어
동민의 윗옷 주머니에 몰래 넣어두었습니다.

"여보, 돈 아끼지 말고 맛있는 것으로 사 먹어."

은정은 동민에게 점심 값을 건네며 밝게 말했습니다.

"으응, 고마워."

"고맙긴, 당연하지."

은정은 이렇게 말하며 환하게 웃었습니다. 동민은 너무도 착
한 아내 은정을 위해 최선을 다하자고 거듭거듭 다짐하였습니
다. 그리고 자신은 너무 행복한 사람이라고 생각했습니다. 동
민이 아는 주변 사람들은 가정불화가 나고 말도 아니라는데 자
신은 오히려 환대를 받는 기분이 드니 정말이지 스스로 복이
많은 사람이라고 여겼던 것입니다.

동민의 가슴속엔 용기와 자신감이 넘쳤습니다. 정리해고되
던 날의 그 처절한 슬픔은 온데간데없이 사라져버렸습니다.

동민의 서류가방엔 10통이 넘는 이력서가 빼곡히 들어 있었
습니다.

그날 동민은 점심을 먹고 윗주머니에서 은정이 넣어둔 쪽지
를 발견하고는 얼른 펼쳐 보았습니다.

"어, 이건 시 아냐?"

동민은 이렇게 말하며 시를 읽어 내려갔습니다.

〈저 하늘 가득〉

푸르른 저 하늘 가득
목련보다 새하얀
그대 사랑을 그립니다

돌아보면
언제나 그 자리에서
웃으며 서 있는
그대 사랑을 헤아립니다

때때로
내 마음 울적한 날
한없이 밀려드는
그대 그리움에 홀로 젖는 날

가장 맑은
순수의 이름으로
저 하늘 가득
그대 사랑
하나둘씩 그려봅니다

〈저 하늘 가득〉이란 시를 읽고 난 동민의 입가엔 엷은 미소가 물보라처럼 번져났습니다. 자신을 향한 은정의 아름다운 마음을 확인할 수 있었기 때문입니다. 동민은 더더욱 자신감 넘치는 마음으로 직장을 구하러 다녔습니다.

동민은 벌써 여러 편의 시를 읽었습니다. 그는 시를 읽을 때마다 알 수 없는 용기가 샘물처럼 솟구쳐 오르는 것을 느낄 수 있었습니다.

동민은 자신이 읽은 시 중 〈오늘만큼은 못 견디게 사랑하다〉가 정말 좋아서 단숨에 외워버렸습니다. 그리고 늘 외우며 다녔는데 그 시는 다음과 같습니다.

그대여

오늘만큼은 못 견디게

사랑하세요

슬픔이 강물처럼 흐르는

아픔 속에서도

우리는 서로가 그리운 사이

내일 비록

이 세상 이별이 찾아와도

두렵지 않은 까닭은

그대가 풀꽃 향기로

빛나고 있음입니다

서로의 사랑으로

내일을 꿈꾸는 우리에겐

그 무엇도

장애가 될 수 없음을

우리는 한시도 잊지 말아야 합니다

아픔이란 함께 나누면

반으로 줄고

기쁨은 함께하면

둘이 되듯

그대여 오늘만큼은

못 견디게 사랑하는 거예요

동민이 이 시를 특히 좋아하는 것은 고통과 아픔 속에서도 변치 않는 사랑으로 희망을 노래하기 때문입니다. 지금의 자신에게 너무도 잘 맞는 시였습니다.

서로의 사랑으로 / 내일을 꿈꾸는 우리에겐 / 그 무엇도 / 장애가 될 수 없음을 / 우리는 한시도 잊지 말아야 합니다

동민은 적극적인 의지의 표현이 자신에게 끊임없이 에너지를 준다고 믿어 이 시구를 더 좋아했습니다.

그러던 어느 날 외출에서 돌아온 동민의 얼굴엔 웃음꽃이 활짝 피어났습니다. 마침내 새 직장을 구한 것입니다.

"여보! 나 직장 구했어. 내일부터 바로 출근하래."

"저, 정말이야 여보?"

은정은 기쁜 나머지 그에게 매달리며 큰소리로 물었습니다.

"응. 이 모든 게 다 당신 덕분이야. 그동안 힘든데도 내색하지 않고 잘 참아줬어. 여보, 정말 고마워."

"고맙긴. 내가 고맙지. 묵묵히 잘 참아줘서 정말 고마워."

두 사람은 누가 먼저라 할 것 없이 서로를 부둥켜안았습니다. 그들의 눈에서는 뜨거운 눈물이 주르르 흘러내렸습니다. 은정은 그동안 마음고생한 것이 생각 나 소리 죽여 울었습니다. 남편인 동민이 용기를 잃을까 봐 내색 한번 안 하고 씩씩한 모습만 보였는데 그가 막상 직장을 구하자 그동안 참았던 고통이

기쁨의 눈물이 되어 흘러내렸던 것입니다.

얼마를 그렇게 있었는지 모릅니다. 은정은 너무 기분이 좋았습니다. 남편이 실직의 아픔을 겪기 전엔 잘 몰랐지만 당연하게 여겼던 것들이 너무도 소중한 것임을 뼈에 사무치도록 느꼈습니다. 은정은 삶이 새삼 고마웠습니다. 그 아무리 혹독한 고통의 아픔도 사랑으로 감싸주며 참고 견디면 반드시 좋은 날이 온다는 진실을 새롭게 깨달은 것입니다.

"여보, 우리 매사에 감사하며 살자."

"그래. 그렇게 살자."

은정의 말에 동민은 맞장구를 치며 말했습니다. 바로 그때 "딩동딩동"하며 아파트 현관 벨이 울렸습니다.

"엄마! 나 수지야."

문을 열자 무남독녀 수지가 환하게 웃으며 서 있었습니다.

"수지야!"

동민은 두 팔로 수지를 번쩍 안고는 수지 볼을 비벼댔습니다.

"앗, 따가워! 아, 아빠 수염은 밤송이같이 너무 따갑단 말야."

수지는 이렇게 말하며 울상을 지었습니다.

"아, 알았어, 우리 공주님. 하하하……."

"호호호……."

그들은 커다란 한 송이 웃음꽃으로 피어났습니다.

감사하는 숫자만큼 행복이 찾아온다

고통과 역경 속에서도 서로에게 용기를 주고 삶의 쉼터가 되어준 동민과 은정은 매우 현명한 부부였습니다. 그들은 지혜롭게도 어려움을 잘 극복해냈습니다. 그리고 그들은 매사에 감사하며 살아야 한다는 귀중한 인생의 지혜를 터득했습니다. 아픈 만큼 성숙해진다는 말처럼 그들은 시련을 더욱 견고한 사랑으로 이겨냈고 삶의 소중한 가치를 새롭게 발견한 것입니다.

매사에 감사하는 삶은 자신의 인생을 겸손하게 만들고 열정적이게 합니다. 그것은 감사한 마음속엔 긍정적인 생각과 능동적인 생각이 가득 차 있기 때문입니다.

그리고 상대방을 배려하고 이해하려는 넉넉한 마음이 넘쳐납니다. 그러므로 감사하는 삶을 많이 만들어가기 바랍니다. 감사하는 숫자만큼 행복은 찾아오는 법이니까요.

매사에 감사하는 삶의 지혜

작은 일에도 감사하는 마음을 가지십시오. 작은 일에 감사할 줄 모르면 큰 일에도 감사할 줄 모릅니다. 작은 일에 감사할 줄 알아야 더 큰 감사의 생활이 찾아온다는 것을 잊지 말기 바랍니다.

인생에 저절로 되는 것은 없습니다. 그냥 이루어졌다고 믿는 것도 삶의 순리에 따라 이루어진 것입니다. 따라서 공짜의 인생을 바라지 마십시오. 공짜 인생은 허무한 것입니다.

감사하며 살아야 하는 이유는 사람처럼 축복받은 동물은 어디에도 없기 때문입니다. 신은 인간에게 보다 삶을 축복되게 살아가도록 하기 위해 시련도 주고 아픔도 줍니다. 매사를 감사하는 마음으로 살아가는 당신이 되길 바랍니다.

서로를 탓하는 것은 행복을 죽이는 일이다

문제점이 없는 사람은 없다

문제점이 없는 사람은 없습니다. 누구나 단점이 있고 문제점이 있습니다. 한두 가지 단점이 없다면 그는 사람이 아니지요. 결점이 없어 보이는 사람은 인간미가 떨어집니다. 규격제품처럼 반듯하고 한 점 흐트러짐이 없는 사람은 왠지 가까이하기가 어려운데, 빈틈이 없어 보이니 괜히 가까이 다가갔다가 자신만 손해 볼 것 같아 꺼려지는 것입니다.

이렇듯 누구나 단점이나 문제점이 있는데 이것은 그가 가진 핸디캡인 동시에 인간미의 증표입니다. 그러니 자신이 가진 문제점을 지나치게 의식하지 마십시오. 오히려 그것을 당신이 극복해야 할 인생의 과제라고 여기기 바랍니다. 간혹 결점이라고 찾아볼 수 없을 만큼 반듯하게 사는 사람들을 볼 수 있는데, 그 사람에게는 오히려 그것이 단점이 될 수 있습니다. 이렇게 볼 때 문제점 없는 사람은 어디에도 없다는 것을 알 수 있을 겁니다.

혹여 당신이 지닌 문제점 때문에 고민에 빠져 있다면, 그 고민으로부터 당장 뛰쳐나오기 바랍니다. 문제점은 고치면 되는 거지 고민으로 해결할 수 없기 때문입니다. 그리고 그로 인해 절대로 주눅 들지 마십시오. 문제는 해결하면 그만이지 그도 저도 아니라는 사실을 잊지 말기 바랍니다.

서로를 탓하는 것은 행복을 죽이는 일이다

동물의 세계에서도 공동체를 이루며 사는 동물이 사회성이 뛰어나고 행복의 지수도 그만큼 더 높다고 합니다. 또한 적으로부터 생명을 지켜내는 응집력도 높습니다.

백수의 왕인 사자는 고양이과 동물로는 유일하게 무리생활을 합니다. 그러다 보니 자신이 낳은 새끼가 아니더라도 젖을 먹이며 양육하는 일을 공동으로 한다고 합니다. 그리고 먹이 사냥도 철저하게 공동으로 해나갑니다. 그래서 6톤이 넘는 코끼리나 1톤이 넘는 기린 같은 지상 최대의 동물도 먹잇감으로 삼습니다. 이것이 사자가 백수의 왕으로서 군림하는 이유입니다.

반면 호랑이는 힘으로나 덩치로나 사자에 버금가지만 백수의 왕이라는 찬사를 받지 못합니다. 늘 사자 다음 자리를 차지하지요. 그 이유는 호랑이는 단독생활을 하므로 사회성이 부족하기 때문입니다. 서로 함께한다는 것은 참 아름답고 큰 힘을 발휘하나 혼자 한다는 것은 늘 외롭고 연약하지요.

부부 사이에도 이 법칙은 적용됩니다. 서로를 아끼며 칭찬하고 사는 부부는 행복하게 사는데 서로를 탓하고 질책하는 부부는 접시처럼 깨지고 늘 요란한 소리를 냅니다. 서로를 탓하는 일은 서로를 죽이는 일입니다.

그러나 서로를 띄워주고 추켜세워 주는 일은 서로를 행복하게 하는 일이지요. 서로를 칭찬하는 기술자가 되십시오. 칭찬의 기술이 뛰어난 사람들이 행복한 인생을 살아가는 것입니다.

진석은 40대 중반으로 건실한 회사에서 이사로 일하고 있습니다. 그는 인품이 좋고 통솔력이 강하며 리더십이 뛰어나 윗사람들에게는 두터운 신임을 받고, 아랫사람들에게는 각별한 존경을 받았습니다. 그는 누구에게나 가까이 다가가는 친절한 성격을 지닌 사람입니다. 그래서 그의 주변엔 언제나 많은 사람들이 있습니다.

그런데 그렇게 유능한 진석도 해결하지 못하는 숙제가 있었으니, 그것은 바로 아내와의 문제였습니다. 두 사람은 가난하고 어려웠던 지난 시절에는 서로를 위해주고 토닥거리면서 열심히 살았습니다.

하지만 안정된 생활을 누리게 되면서 오히려 서로를 배려하는 마음을 잃고 불신과 힐책만이 가득한 답답하고 짜증나는 생활을 하고 있었습니다. 그렇게 된 것에 대해 진석은 아내에게 책임이 있다고 했고, 그의 아내는 진석에게 책임이 있다고 말할 정도로 부부 관계가 매우 심각했습니다.

진석은 회사에서는 아주 행복한 얼굴이었으나 집으로 들어서는 순간부터 돌덩이처럼 차갑게 굳어졌습니다. 그리고 그는 입버릇처럼 중얼거렸습니다.

"집에 들어오면 냉기가 돌고 이렇게 답답하기만 하니 이 노릇을 어떡하면 좋을까……. 휴우…… 내가 언제까지 이러고 살아야 하지……."

그의 얼굴엔 언제나 먹구름처럼 짙은 근심이 드리워져 있었습니다.

그의 아내 또한 밖에서는 친절하고 상냥하며 우아한 인품으로 주변 사람들에게 늘 칭찬을 받았지만, 집에 들어오는 순간 표독스럽고 냉정한 모습으로 변했습니다.

그들 부부가 그렇게 된 것은 그리 심각한 문제 때문이 아니었습니다. 진석이 승진을 거듭하면서 회사와 밖에서 지내는 시간이 많아지자, 그의 아내는 그런 현실을 인정하면서도 자신과 함께하는 시간이 줄어드는 데 대한 불만으로 진석을 타박하고 투정을 부렸던 것입니다.

그러던 어느 날 퇴근하고 온 진석에게 아내가 작정한 듯 날카로운 눈빛으로 말했습니다.

"당신, 이사로 승진하더니 이제 집은 아예 거들떠보지도 않는군요."

그녀의 말에선 서릿발 같은 싸늘한 냉기가 흘러내렸습니다.

진석은 옷을 벗다 말고 큰 소리로 말했습니다.

"아니, 힘들게 일하고 들어온 사람한테 그게 할 소리야!"

"왜, 내가 틀린 말 했어요? 말이야 바른 말이지…… 사실이 그렇잖아요? 당신은, 당신 혼자서만 일하는 것처럼 매일 피곤하다며 집안일은 안중에도 없고……. 그 잘하던 외식도 이젠 언제 같이 했는지 까마득하다고요."

진석 자신이 생각해도 사실 맞는 말이었습니다. 전에는 그가 나서서 외식을 주도했지만 지금은 먼 옛날 호랑이 담배 피던 시절 일처럼 여겨졌습니다. 하지만 진석의 입에서는 그의 생각과는 전혀 다른 말이 불쑥 튀어나왔습니다.

"외식? 그게 뭐가 그리 중요해. 마음만 있으면 되잖아?"

"마음? 무슨 마음……. 그게 마음먹는다고 되는 문제예요?"

그의 아내는 코웃음을 치며 말했습니다.

"이봐, 당신 어린애같이 왜 이래? 아무것도 아닌 일 가지고……."

"아무것도 아니라고요? 흥, 당신한테는 그렇겠죠."

"나 피곤해. 괜히 아무것도 아닌 일 가지고 사람 좀 괴롭히지 마. 당신이 그러지 않아도 가뜩이나 회사일 때문에 머리가 복잡해 죽겠어. 그런데 당신까지 이러면 나보고 어떡하라는 거야?"

진석은 양손으로 눈언저리를 비벼대며 양미간을 잔뜩 찌푸린 채 말했습니다. 그런 그의 모습을 날카롭게 쏘아보며 그의 아내가 말했습니다.

"흥, 말끝마다 회사, 그놈의 회사!…… 당신, 왜 나랑 결혼했어요? 이럴 바엔 집에 들어오지 말고 아예 잘난 회사하고나 살지 그래요."

"뭐라고! 이 사람이 보자보자 하니까 막 나오네."

진석은 벼락같이 소리치며 말했습니다.

"왜, 소리는 지르고 그래요. 누가 귀먹었대요?"

"정말 이 사람이!"

"쳐봐요. 내 당신 손에 맞아 죽을 테니……."

"어유, 정말! 미치겠네."

진석은 자신도 모르게 팔을 올렸다가 내렸습니다. 그 순간 이러면 안 되는데, 하는 생각이 들었지만 이참에 아내의 입을 막아버릴 요량으로 일부러 더 목소리를 높였습니다.

"아니, 내가 때리라면 못 때릴 것 같아!"

"흥! 이젠 안 하던 짓까지 하려고 하네요."

그의 아내 또한 작심한 듯 지지 않고 그를 똑바로 쳐다보며 빈정거렸습니다. 순간 진석의 손이 허공으로 올라가더니 그만 '찰싹' 소리를 내며 아내의 뺨을 후려치고 말았습니다. 이게 아닌데, 하는 생각이 들었지만 이미 엎질러진 물이었습니다.

"어머, 이젠 사람을 치기까지 해! 내가 못 살아, 못 산다고!"

뺨을 얻어맞은 아내는 분한 마음에 안방으로 들어가 문을 걸어 잠그고 울음을 터뜨렸습니다.

'내가 왜 이러지? 이러면 안 되는데……'

진석은 곧 후회를 하고 토라진 아내를 달래려고 애썼지만 허사였습니다.

그날 이후 두 사람은 필요 이상의 말은 하지 않고 지냈습니다. 서로 자존심을 내세우며 신경전을 벌였던 것입니다. 진석이 집에 일찍 들어오는 날에는 그의 아내가 밤늦게 들어왔고, 진석이 늦게 들어오는 날에는 그의 아내가 집에 있었습니다.

서로 마주치지 않으려는 듯한 행동으로 인해 불신만 나날이 늘어갔습니다. 그러다 보니 진석은 집에 들어가는 것 자체가 곤혹스러웠습니다. 그래서 일부러 밖에서 시간을 보내다가 집에 들어간 적이 한두 번이 아닙니다. 그의 아내 또한 친구들과 어울려 술을 마시고 밤늦게 들어오는 날이 점점 늘어만 갔습니다.

어느 날 퇴근을 하고 집으로 향하던 진석은 많은 생각을 했습니다.

'만약, 지금 나한테 그녀가 없다면 나는 무슨 즐거움으로 이 험하고 고독한 세상을 살아갈 것인가? 그렇다면 이러면 안 되는데……. 정말 이러면 나도 그녀도 다 불행해질 텐데…….

진석은 이런 생각을 하는 것만으로도 아찔해졌습니다. 회사도 중요하지만 그보다 중요한 것은 따스하게 가족을 지켜주고 보듬어주는 것이라는 생각이 들자 그동안 잊고 있던 소중한 것을 되찾은 듯 마음이 들뜨기까지 했습니다.

그날 집으로 돌아온 진석은 아내와 화해할 방법을 찾아보려고 이 생각 저 생각을 하며 골몰하였습니다. 그러다가 자신의 무릎을 '탁!' 칠 만한 명쾌한 해답을 찾아냈습니다. 그는 정말 오랜만에 가벼운 마음으로 잠이 들었습니다.

다음 날 진석은 정성껏 쓴 편지와 꽃바구니를 집으로 보냈습니다. 그의 아내는 아무 영문도 모른 채 배달된 꽃바구니를 받고 의아해하면서도 그 속에 들어 있는 편지를 꺼냈습니다. 편지를 펼쳐 들자 낯익은 글씨가 눈에 들어왔습니다. 그녀는 무슨 특별한 의미의 편지를 받은 것처럼 마음이 떨렸습니다.

잠시 후 마음을 가다듬고 천천히 편지를 읽어 나갔습니다.

사랑하는 나의 지숙에게

지숙아, 얼마 만에 써보는 편지인지 모르겠어.

무슨 말부터 해야 할지 한동안 망설였지만, 당신 마음에 깊은 상처를 준 데 대해 먼저 용서를 구하고 싶어. 진심으로 미안해. 속좁은 나를 용서해주면 고맙겠어. 지나고 나니 아무것도 아닌 일인데 그땐 왜 그랬는지, 지금 생각해도 내가 나를 잘 모르겠어. 아마 하나님께서 이 일을 통해 더 사랑하고 아껴주는 마음을 가져야 한다는 깨달음을 얻게 하시려는 게 아닐까, 하는 생각이 들기도 해. 내 말이 참 우습게 들리겠지만, 우리 다른 생각은 하지 말자. 난 언제까지나 당신의 남편이고, 당신은 언제까지나 나만의 여자고 내 아내야.

솔직히 요즘 나 많이 외롭고 쓸쓸했어. 회사는 우리의 행복한 삶을 위한 울타리와 같은 존재고, 당신은 나에게 그 울타리 안에서 사랑을 쏟아 삶의 의미와 즐거움을 알게 해주는 소망의 기쁨 같은 존재야. 말하자면 내 삶의 주인이야. 그리고 영원한 주인공이고……

지숙아, 우리가 처음 서로에게 가졌던 그 아름다운 행복의 환희를 잊지 말자. 설령 그것이 우리 마음에서부터 떠나갔다고 해도 다시 불러들여 그것으로 우리의 마음을 가득 채웠으면 해. 우리는 지금보다 더 나은 삶을 살아야 해. 그러기 위해서는 서로를 좀 더 이해하고 배려하고 아끼고 사랑하는 마음을 보여줘야 해.

나는 그 평범한 진리로부터 잠시 떠나 있었던 거야. 이제 모든 게 확연해졌어. 당신이 나의 여자고 나의 아내라는 그 사실 말이야. 우리는 늘 곁에 있었기 때문에 소중함을 몰랐어. 그것이 문제였던 거야. 가까이 있을수록 서로에 대한 믿음과 사랑을 더 지키고 헤아려야 한다는 사실을 잊지 말자.

정말 미안했어. 속죄하는 내 마음을 꽃바구니와 이 편지에 담아 보내니 받아주었으면 좋겠다. 그리고 퇴근 시간에 전화해.

오늘은 우리가 처음 만났던 그날로 돌아가 보는 거야. 알겠지, 내 말?

지숙아, 사랑한다. 오래도록 아주 오래도록…….

당신의 영원한 사랑 진석

편지를 다 읽고 난 지숙의 눈가는 어느새 물기로 촉촉이 젖어 있었습니다. 변한 줄만 알았던 남편의 마음이 여전히 참 따뜻하다는 사실에 감동을 받았던 것입니다.

그날 저녁 진석 부부는 오랜만에 하는 외식이었지만 그들의 첫 마음을 다시 한번 되새긴다는 의미로, 가난했지만 아름다웠던 지난 시절로 돌아가 보기로 했습니다. 두 사람이 결혼하고 얼마 안 되었을 때 생활이 너무 어려워 이틀을 꼬박 굶고 진석이 아끼던 책을 팔아 그 돈으로 자장면을 사 먹은 적이 있었습니다. 그래서 절박한 형편에도 서로를 향한 사랑이 간절했기에 아무것도 두렵지 않았던 그 순간을 느끼고 싶어 자장면을 먹기로 했습니다.

가난했을 때 그들은 서로에게 간절한 마음으로 다짐했습니다. 지금은 가난하지만 우리의 행복을 그 무엇도 결코 빼앗아 갈 수 없다고, 뜨거운 사랑으로 우리의 행복을 굳게 지켜 나갈 거라고 말입니다. 그날 두 사람이 먹은 것은 자장면이 아니라 변치 않는 사랑과 행복이었습니다. 숨 가쁘게 살아오는 동안 잠시 그 첫 마음을 잊고 살았던 것입니다.

식당에서 나온 두 사람은 다정하게 팔짱을 끼고 걸었습니다.

"여보, 우리가 이렇게 함께 걸어본 게 얼마만이지?"

진석이 아내의 어깨를 자신의 팔로 감싸 안으며 말했습니다.

"글쎄, 너무 오랜만이라 잘 모르겠는데요."

"그래? 그러고 보니 내가 불량 남편이구나."

진석은 얼굴을 찡그리고 우스꽝스러운 표정을 지으며 말했습니다. 그 모습이 아내의 눈엔 어린아이처럼 보였습니다.

"뭐라고요? 불량 남편? 그거 말 되네요. 호호호……."

"하하하……."

그들은 목젖이 환히 보일 만큼 큰 소리로 웃었습니다.

"미라 아빠, 날 용서해줘요."

"용서는 무슨……. 그런 말 하지 마. 다 내 잘못이야."

"아니에요. 돌이켜보니 내 생각이 너무 짧았어요. 등 따뜻하고 배부르다고 지난 시절을 까맣게 잊고 있었어요. 당신이 아니었다면 지금 내가 누리는 이 여유로움이 가능이나 하겠어요? 난 그걸 잊고 있었던 거예요. 여보, 정말 미안해요. 그리고 너무 고마워요."

그녀의 목소리엔 그에 대한 진심 어린 마음이 듬뿍 담겨 있었습니다.

"아니야, 내가 고맙지. 앞으로 우리 가끔씩 이렇게 사랑을 확인하면서 살자. 그러기 위해서 내가 최선을 다할게."

"미라 아빠, 날 이해해줘서 고마워요."

"그 말은 오히려 내가 하고 싶은 말이야. 정말 고마워."

"나, 오늘 너무 행복해요."

"정말?"

"네."

진석은 아내의 어깨를 더 힘껏 안았습니다. 맑은 밤하늘엔 별이 성글게 떠 있었습니다. 그들은 걸음을 멈추고 한참 동안이나 하늘을 쳐다보았습니다. 그리고 말없이 바라보다가 서로를 힘껏 안았습니다. 처음 만났을 때처럼 설렘으로 가슴이 두근거렸습니다.

얼마간 그렇게 있다가 두 사람은 다시 걷기 시작했습니다. 그들의 발걸음은 보금자리를 향하고 있었습니다. 그들만의 보금자리, 그 누구도 넘볼 수 없는 그들만의 행복의 자리로.

그날 이후 두 사람의 얼굴에는 돌아온 행복 덕에 밝은 미소가 떠날 줄 몰랐습니다.

●　●　●

문제가 있다면 당장 고치려고 노력하라

가시에 찔린 상처를 그대로 두면 이것이 꼭 화근이 되지요. 나는 이에 대한 끔찍한 기억을 갖고 있습니다. 어린 시절 어찌하다 손톱 밑을 가시에 찔리고 말았습니다. 곧 낫겠거니 하며 그대로 두었는데, 이틀이 지나자 손가락이 발갛게 부어올랐습니다. 너무 아파 엉엉 소리 내어 울었습니다. 이에 놀란 어머니께서 내 손가락을 보시더니 입으로 고름을 빨아냈습니다. 그러고는 약을 바르고 거즈로 감싸주셨습니다. 눈물이 쏙 빠지도록 아프던 손가락은 언제 심술을 부렸느냐는 듯 잠잠해지고 부기가 빠지며 원래의 손가락으로 되돌아왔습니다.

문제 있는 사랑도 이와 마찬가지입니다. 문제가 있음을 알고도 미련스럽게 방치한다면 곪아 터지고 문드러져서 더 큰 상처를 남기게 됩니다. 그렇다면 문제는 간단합니다. 문제점을 즉시 고치면 됩니다. 자존심 따윈 쓰레기통에 쑤셔넣어 버리십시오. 자존심이 밥 먹여주는 것은 아니니까요.

이치가 이런데도 미련스런 이들은 이를 미루다 결국 서로에게 씻지 못할 상처를 남기고 끝장내고 말지요. 그러나 현명한 이들은 즉시 문제점을 해결하고자 최선을 다합니다.

사람은 똑똑하지만 그래서 더 명청할 때가 있습니다. 사람을 명청하게 만드는 건 바로 알고도 고치지 않는 우매함입니다. 당신은 그런 사람이 아니길 바랍니다.

문제점을 고치는 지혜

문제점이 발견되면 망설이지 말고 지금 당장 바로잡으십시오. 가만히 내버려두는 것은 미련한 짓입니다. 문제점을 알고도 그대로 방치하는 것처럼 멍청한 짓은 없으니까요.

문제점 있는 부부를 더욱 멀어지게 하는 것은 서푼짜리도 안 되는 자존심입니다. 자존심은 필요할 때 써야지 지금 썩어 문드러지는 상황인데도 계속 자존심의 날을 세운다면 그것은 똥고집일 뿐 자존심도 그 무엇도 아닙니다.

지혜로운 자와 미련한 자의 차이는 상황 파악 대처법에 있습니다. 지혜로운 자는 자존심은 미뤄두고 문제의 해결에 총력을 펼치지만 미련스러운 자는 오로지 자존심 세우기에만 열을 낼 뿐입니다. 당신은 어떤 사람이길 원합니까? 그 해법은 오직 당신에게 있습니다.

지금 이 순간, 최선을 다해 사랑하라

사랑은 인생을 행복하게 하는 기쁨의 효소

사랑에는 유효기간이 없습니다. 언제나 처음이고 지금이고 미래입니다. 사랑은 싱싱한 인생의 열매입니다. 그래서 사랑은 늘 달콤하고 매혹적입니다. 어디 그뿐인가요. 이렇게 맛있는 사랑의 열매를 먹으니 사랑하는 이들은 늘 청춘이고 매력적입니다. 사랑하는 마음속엔 사람을 행복하게 하는 기쁨의 효소가 들어 있기 때문이죠.

기쁨의 효소!

처음 듣는 말이지요? 물론 그럴 겁니다. 이 글을 쓰면서 내가 만든 말이니까요. 어때요? 기쁨의 효소라는 말, 좋지 않습니까? 좋다고요? 그래요. 인생이 기뻐야 삶은 행복하지요. 기쁘지 않은 인생은 늘 안개 낀 도시처럼 칙칙합니다. 그 누구든 칙칙한 사랑을 원하지 않을 거예요. 밝고 맑고 산뜻한 사랑을 원할 겁니다. 그런 사랑은 생각하는 것만으로도 기분을 풋풋하게 만들지요. 이처럼 귀중한 사랑이기에 사랑은 언제나 영원한 것이랍니다. 삶에 기쁨을 주는 효소인 사랑, 그 사랑을 위해서라면 당신의 모든 것을 걸고 사랑하십시오. 사랑은 참 좋은 인생의 권리이며 목표입니다.

사랑은 지금 이 순간이 중요하다

언젠가 모 방송국에서 방영한 〈있을 때 잘해〉라는 드라마가 있습니다. 아주 흔하고 늘 쓰는 말이지만 사람들은 그것을 잊고 살아갑니다. 공기나 물 등은 사람들에게 없어서는 안 될 소중한 것이지만 늘 함께 있기에 그 가치를 잊고 삽니다. 그러다 가뭄이 들어 물난리를 치르게 되면 그때서야 물의 소중함을 절실히 느끼게 되지요. 공기가 없다면 인간은 단 5분도 살 수 없습니다. 그냥 인생 '땡땡' 종 치고 맙니다. 공기가 없는데 살아날 사람이 어디에 있겠습니까. 그런데도 우리는 늘 마시고 호흡하니까 그 귀중함을 모릅니다.

마찬가지로 사랑하는 이가 자신의 곁에 있을 땐 함부로 말하고 행동하며 아픔을 주고 상처를 주어, 사랑하는 이의 눈에서 눈물이 흐르게 합니다. 그래도 자신의 잘못을 잘 모릅니다. 늘 자신을 합리화시키려고만 합니다.

사랑하는 이는 마음이 아파 울고 있는데도 자신의 입장에서만 모든 것을 합리화하는 우를 범하는 게 어리석은 인간의 모습입니다. 그러다 사랑하는 이가 등을 보이고 자신의 곁을 떠나갈 때야 비로소 자신의 어리석음을 깨닫고서 눈물을 뿌리며 가슴을 쳐대지요.

말이야 바른 말이지만 있을 때 잘해야 합니다. 떠나가면 그만입니다. 다시 되돌린다고 해도 한번 깨진 신뢰는 좀처럼 회복하기 어려운 게 인간관계입니다. 더구나 사랑하는 사람들끼리는 더욱 그렇지요.

한번 깨진 접시는 접착제로 다시 붙인다 한들 보기 흉한 흔적이 그대로 남습니다. 마찬가지로 사랑이란 접착제로 멀어진 둘 사이의 관계를 다시 잇는다 해도 지난날의 상처를 다 지워버릴 수는 없습니다. 그러므로 사랑하는 이가 가까이 있을 때 더욱 더 당신의 귀중한 사랑을 전해주십시오.

사랑은 영원한 것입니다. 하지만 현재가 가장 중요합니다. 서로가 서로를 간절한 마음으로 아낌없이 끊임없이 사랑하고 또 사랑해야 합니다.

창식의 두 눈에서는 하염없이 눈물이 흘러내렸습니다. 그는 고향 마을 입구에 태양의 그림자처럼 서 있는 늙은 느티나무에 기대서 흐느껴 울었습니다. 아직 돌도 안 지난 막내를 맡겨 놓은 친척집에서 나오는 길이었습니다. 한창 엄마 품에서 젖을 먹고 자라야 할 막내 원영이의 울음소리가 그의 귓가에 매미처럼 달라붙어 떨어질 줄을 모릅니다.

"흐흑……. 워, 원영아. 워, 원영아. 가, 가여운 것. 으흐흐흐……."

창식의 가슴은 꽉 막힌 듯 답답했고 애간장이 녹아내려 도저히 견딜 수 없는 슬픔의 강에 빠져버렸습니다. 매서운 겨울바람이 그의 야윈 얼굴을 후려치고 온몸을 휘감아 돌았지만 창식은 언 손으로 얼굴을 감싼 채 울음을 멈출 수가 없었습니다.

그에겐 막내 원영 외에도 첫째인 딸 은영, 둘째인 아들 인수, 셋째인 아들 용수 등 모두 4명의 어린 자식이 있습니다. 그런데 아내 윤희가 자신과 어린 자식을 남겨둔 채 9개월 전에 영원히 떠나갔습니다. 난산 끝에 막내를 낳고 나서 한 달 만의 일이었습니다. 젊은 나이에 사랑하는 아내를 잃고 방황하던 창식은 도저히 혼자서 어린 자식들

을 기를 자신이 없었습니다. 그래서 죽으려고 수차례나 결심을 했지만 그럴 때마다 자식들이 눈에 밟혀 포기하고 말았습니다.

그러나 현실은 너무도 가혹했습니다. 먹이고 입히고 아이들을 기르고 가르치는 것 모두 도무지 그로서는 감당하기가 어려웠던 것입니다. 어느 날 밤, 창식은 모두 같이 죽으려고 방 안에 연탄을 피웠습니다. 아이들은 이미 잠이 들었습니다. 여기저기 새근거리는 아이들의 연한 숨소리만 어둠에 잠긴 방 안을 채웠습니다. 창식은 고개를 떨군 채 흐릿한 눈으로 큰아이, 둘째 아이, 셋째 아이를 번갈아 바라보았습니다. 너무도 예쁘고 귀여운 아이들이었습니다.

이토록 소중한 자식들과 숨을 놓아야 한다는 생각에 그는 갑자기 큰소리로 흐느껴 울었습니다. 마치 성난 맹수 같은 소리였습니다. "크아 크아!" 하는 소리에 그만 첫째인 은영이가 잠에서 깨어 어둠에 잠긴 방 안을 놀란 눈으로 바라보았습니다. 컴컴한 어둠이 가시자 창문을 뚫고 들어온 희미한 가로등 불빛은 웅크리고 울고 있는 창식의 모습을 그대로 비추어 주었습니다.

"아, 아빠! 왜 그래? 왜 울고 그래?"

은영은 일어나 앉으며 겁에 질린 얼굴로 말했습니다.

"으, 은영아. 아, 아니야, 아무것도……. 어서 자거라."

느닷없는 은영의 말에 주춤거리며 창식이 말했습니다.

"아빠, 지금 우는 거야?"

"아, 아니. 울긴······."

"울었잖아? 울어 놓고선 왜 안 울었다고 그래."

은영은 창문에 비친 희미한 가로등 불빛을 통해 그의 얼굴에 번쩍이는 것을 보았는데 그것이 눈물이라는 것을 알았습니다.

"으, 은영아."

"왜, 아빠?"

"우리, 모, 모두 다 같이 죽자."

"그게 무슨 말이야? 왜 죽어야 하는데?"

"엄마 없이 어떻게 살려고 그래?"

"싫어, 난 안 죽을래. 난 엄마 없이도 살 수 있어."

은영은 다 같이 죽자는 창식의 말에 펄쩍 뛰면서 말했습니다. 창식은 은영의 그런 모습에서 알 수 없는 두려움을 느꼈습니다. 그 모습은 11살짜리 아이라는 것이 믿기지 않을 만큼 단호하고 날카롭게 빛났기 때문입니다.

"으, 은영아······."

창식은 딸아이 이름을 부르며 멈칫거렸습니다.

"아빠, 다시는 그런 말 하지 마. 나 그런 말 하면 정말 아빠 싫단 말이야!"

무언가 이상한 낌새를 챈 은영은 이렇게 말하며 울음을 터뜨렸습니다. 은영이 우는 모습을 물끄러미 바라보던 창식의 눈에서도 굵은 눈물이 주르르 흘러내렸습니다. 잠시 동안 침묵이 흐르고 울음소리만 방 안을 모기떼처럼 휘돌았습니다. 은영이의 울음은 너무도 애처로웠습니다. 철없는 딸아이의 슬픈 울음은 창식의 가슴을 갈기갈기 찢어놓았습니다.

"으, 은영아, 울지 마. 아, 아빠가 잘못했어. 아빠가 잠시 동안 미, 미쳤나 보다. 으, 은영아."

창식은 이렇게 말하며 딸아이의 야윈 어깨를 꼭 안아주었습니다.

"아, 아빠, 저, 정말이야?"

은영은 작은 어깨를 들먹이며 말했습니다.

"그, 그래. 정말이야. 그러니까 울지 마."

창식은 이렇게 말하며 은영이의 눈물을 닦아주었습니다.

"아빠……."

"그래, 은영아."

창식은 이렇게 말하며 불꽃이 이글거리며 타고 있는 연탄을 들고 밖으로 나갔습니다. 그는 어린 딸과의 약속을 도저히 저버릴 수가 없었습니다. 아빠와의 약속으로 안심이 된 은영은 서서히 잠에 빠져들었습니다. 마당으로 나온 창식은 담배를 피워 물었습니다. 자신이 힘들다는 이유로 아무것도 모르는 불쌍한 어린 자식들에게 순간적으로나마 고약한 생각을 가졌었다는 것에 대해 깊이 반성하였습니다.

한참을 서성거리다 마음이 가라앉자 방으로 들어왔습니다.

곤히 자는 아이들의 모습이 너무도 예쁘고 사랑스러웠습니다.

"내가 주, 죽일 놈이지. 어떻게 그런 끔찍한 생각을 할 수 있단 말인가. 천벌을 받아도 마땅한 일인데……."

창식은 이렇게 중얼거리며 아이들 이마에 나란히 입을 맞추었습니다. 그러고는 자신도 누워 잠을 청했지만 좀처럼 잠이 오지 않았습니다.

'이렇게 허무하게 떠날 줄 알았으면 말 한마디라도 잘해줄걸. 그리고 그토록 가고 싶어 했던 제주도도 구경시켜줄걸. 가난이 뭔지, 사는 게 뭔지. 그러고 보면 나는 그 사람에게 해준 게 너무 없어. 여보, 미, 미안해. 두고두고 뉘우치고 반성하며 살게. 그리고 애들 어떤 일이 있더라도 잘 키울게. 다시는 허튼 생각 하지 않을게. 여보…….'

창식은 지난날 아내에게 살갑게 대해주지 못한 것이 두고두고 후회되었습니다. 사랑하는 사람이 죽고 나니 더욱 인생이 소중하다는 생각이 들었던 것입니다. 그리고 나중에 잘해 줄게, 라는 말을 백 번 하는 것보다 지금 당장 한 번이라도 잘해 주는 것이 현명한 일임을 뼈에 사무치게 깨달았습니다. 그래서 아내가 살아서 돌아올 수만 있다면 후회 없이 정말로 잘해 주고 싶었습니다. 그녀가 원하는 것은 그 무엇이든 다 해주고만 싶었습니다.

다음 날부터 그의 일상은 달라지기 시작했습니다. 창식은 아침 일찍 밥상을 차려놓고 일을 하러 나갔습니다. 그는 어린 자식들 때문에 일반 공장을 다닐 수가 없었습니다. 아이들이 어려 야간일은 할 수 없었기 때문입니다. 자신의 딱한 사정을 이야기하며 부탁해 보았지만 공장에서는 전혀 배려해 주지 않았습니다. 그러다 보니 단순노무직이나 아르바이트가 고작이었습니다. 쓸 것은 많고 수입은 적고, 하루하루가 그에겐 고난의 가시밭길이었습니다. 그러나 그는 결코 절망하지 않고 주어진 현실에서 열심히 일했습니다. 그러는 동안 7개월이 지나 오늘에 이른 것입니다.

창식은 시골 친척집에 맡긴 막내를 보고 집으로 돌아올 때마다 오늘처럼 슬픔에 젖어 흐르는 고통의 강을 건너야만 했습니다. 5학년이 된 은영은 아빠가 집을 비우는 동안 밥을 해서 동생들을 먹이고 씻기고 입히고 하는 등 자신의 일을 아주 훌륭하게 해냈습니다. 아직 엄마에게 응석을 부려야 할 나이임에도 속이 꽉 찬 것이 여간 대견스러운 게 아니었습니다. 둘째와 셋째도 엄마가 없는 세상에서 떼쓰지 않고 용케도 잘 견디며 자라주었습니다.

창식은 시간이 날 때마다 집에서 가까운 공장을 샅샅이 찾아다니며 자신의 처지를 이해하고 받아줄 곳을 알아보았습니다. 아이들의 장래를 위해 좀 더 안정적인 일자리가 필요했지만 어느 곳도 선뜻 나서는 데가 없었습니다. 그러나 그는 좌절하지 않았습니다. 이를 악물고 찾고 또 찾아다녔습니다. 그러던 끝에 드디어 창식의 사정을 이해하고 그를 받아주는 회사를 발견하였습니다.

창식은 집으로 돌아오는 내내 기뻐서 어쩔 줄을 몰랐습니다. 그에게 있어 가장 큰 걸림돌이 해결되자 세상이 모두 자기 편이 되어준 것만 같아 너무 기쁘고 행복했습니다.

'그래, 열심히 사는 거야. 우리 아이들을 위해 내 몸이 산산이 부서진다고 해도 최선을 다해 살자. 하나님, 고맙습니다. 정말 열심히 살겠습니다.'

이렇게 생각하는 그의 얼굴이 환한 보름달처럼 한껏 피어났습니다.

● ● ●

사랑하라, 그리고 지금 행복하라

우리가 흔히 하는 말 중에 나중에 잘해줄게, 라는 말이 있습니다. 그러면 지금은 못해도 좋다는 말인가, 라고 생각할 수 있지요. 말이야 바른말이지 사실은 대충 넘어가는 경우가 많습니다. 나중에 잘해 줄게, 라는 말은 지금 대충 넘기는 것에 대한 보상심리에서 나온 말이라고 해야겠지요.

그러나 우린 너무도 중요한 사실을 잊고 살고 있습니다. 사랑은 현재가 중요한 거지 나중이 중요한 건 아닙니다. 사람 일이란 앞날을 예측할 수 없어서 언제 어느 때 어떻게 될지 모릅니다. 나중에 잘해 주려고 했으나 그는 이제 곁에 없습니다. 사랑하는 이는 다신 돌아올 수 없는 머나먼 곳으로 떠나버렸습니다. 이럴 때의 낭패감이라는 것은 이루 말할 수 없을 만큼 참혹하지요. 그리고 아쉽고 미안한 마음에 두고두고 상처로 남습니다.

지금 당신 곁에 있는 사랑하는 사람을 한번 바라보십시오. 그가 당신 곁에 있다는 그 사실만으로도 감사하십시오. 사랑하는 이를 먼저 떠나보내거나 어쩔 수 없는 일로 인해 남이 되었던 사람들의 이야기는 하나같이 아련하고 가슴 아프고 절절합니다. 나중에 잘 먹자고 지금 굶을 수는 없는 노릇입니다.

지금 사랑하십시오! 있는 그대로의 모습으로 사랑하고 사랑하십시오. 사랑은 지금이 가장 중요합니다.

지금 행복을 얻는 참 좋은 지혜

"나중에 잘해 줄게" 하는 사람치고 시간이 흐른다고 달라지는 거 못 봤습니다. 당신이 진정 행복하고 싶다면 지금 사랑하십시오. 사랑은 지금이 가장 중요합니다.

행복하고 싶다면 당신이 먼저 사랑하는 이를 행복하게 해주십시오. 사랑하는 이가 당신으로 인해 행복을 느끼면 더 큰 사랑으로 당신에게 되돌려줄 것입니다.

인생은 단 한 번뿐입니다. 흘러간 인생을 재생할 수 있다면 얼마나 좋을까요. 그러나 하나님은 단 한 번밖에 인생을 주지 않았습니다. 항상 오늘이 마지막인 것처럼 사랑하십시오. 그것이 현재를 가장 행복하게 사는 지혜입니다.

그 누구도 내 인생을 대신 살아주지 않는다

인생의 봄은 다시 오지 않는다

오늘은 바람이 불더라도 내일은 바람이 멈출 수 있고, 오늘은 슬피 울더라도 내일은 기쁘게 웃을 수 있습니다. 또한 오늘은 세상을 다 가진 듯 행복해도 내일은 가슴 치며 눈물을 흘리는 것이 우리의 인생입니다. 오늘 내가 잘산다고 자만하지 말며 오늘 내가 못산다고 기죽지 마십시오. 인생은 주어진 대로 살되 매 순간 최선을 다해야 합니다. 그것이 인간이 해야 할 의무이자 권리입니다.

영국의 시인 셸리는 "인생의 봄에는 오직 한 번밖에 꽃이 피지 않는다. 두 번 다시 꽃 피지 않는다."라고 말했습니다. 그렇습니다. 1년 중 봄은 단 한 번뿐이지요. 그 한 번뿐인 봄이 지나

가면 무더운 여름이 옵니다. 그리고 여름이 지나가면 가을이 오고, 가을 가고 나면 겨울이 성큼 다가옵니다. 1년 중 봄이 한 번이듯 그 누구도 한 번밖에 인생의 봄을 누리지 못합니다. 그런데도 서로를 질책하고 공격하며 오늘을 산다는 건 너무도 가혹한 일이 아닐까요. 그렇게 보면 오늘이 인생에 있어 얼마나 소중한지를 절절히 느끼게 될 것입니다.

누구도 대신 살아주지 않는 나의 인생

사람들 중엔 자신의 인생을 남에게 의탁하려는 이들이 적지 않습니다. 그들은 그것이 얼마나 자신을 초라하게 하고 졸렬하게 하는지를 알지 못합니다. 그저 편하게 살고 싶은 욕망 하나 때문에 하나뿐인 자신의 인생을 내던집니다. 이런 인생이야말로 지극히 허무하고 가련한 인생입니다.

모 올리는 "인생은 외국어이다. 대개의 사람들은 그것을 잘못 알고 발음한다"고 말했습니다. 그렇습니다. 이 말의 의미처럼 많은 사람들은 자신의 인생에 대해 잘 모르는 것 같습니다. 잘못 알고 발음하는 외국어처럼 자신의 인생도 대충 넘기려고 한다는 것은 인생의 모순이지요.

이러한 모순에 빠지길 원하는 사람은 아무도 없을 것입니다. 그럼에도 많은 사람들이 인생의 모순의 바다에 빠져 허우

적거리고 있습니다. 하루 빨리 거기서 빠져나와야 합니다. 그렇지 않으면 한 번뿐인 자신의 인생을 송두리째 망칠 수 있습니다. 당신은 그런 길에 서지 않기를 바랍니다.

왜냐하면 그 누구도 내 인생을 대신 살아주지 않기 때문입니다. 인생은 사랑하는 이들이 서로를 위해 살 때 더욱 빛나는 법이지요.

혜경은 도저히 믿기지 않았습니다. 그렇게도 건강하고 자상하던 남편이 온몸이 마비되어 누워 있다는 사실이 마치 드라마의 한 장면처럼 생각되었습니다. 팔을 비틀어 보기도 하고 다리를 힘껏 꼬집어 봤지만 이는 엄연한 현실이었습니다.

"어떻게 이런 일이, 내게 있을 수 있지. 그 누구에게도 싫은 소리 한번 한 적 없고, 가슴에 상처 준 일 없는데……. 내가 뭘 그렇게 잘못했다고……. 아, 이건 말도 안 돼. 말도 안 되는 일이라구……."

혜경은 흐르는 눈물을 삼키며 중얼거렸습니다. 신혼의 달콤한 숲길을 걸으며 행복한 시간을 보내기에도 너무 아까운 시간인데, 온 사방이 하얀 벽으로 둘러싸인 병실에 말없이 누워 있는 사랑하는 남편을 바라보는 것은 지독한 형벌이었습니다. 더구나 그녀의 뱃속엔 아기가 자라고 있었습니다. 임신 8개월, 이 제 곧 엄마가 되고 아빠가 되는 소중한 시간이 그들을 기다리고 있는데 현실은 냉혹하게도 그들을 외면하고 말았습니다. 혜경의 흐느낌은 계속되었고, 싸늘한 냉기만 병실을 타고 소리 없이 흘러내렸습니다.

"아가, 미안하다. 모든 게 다 내 탓인 것만 같구나."

시어머니는 갑자기 밀어닥친 청천벽력 같은 일로 어찌할 바를 모르는 상황에서도 며느리가 걱정되어 모든 게 자신이 부덕한 탓이라고 말했습니다.

"아니에요, 어머니. 이게 왜 어머니 탓이에요. 그, 그런 말씀 마세요."

혜경은 이렇게 말하며 시어머니를 위로하였습니다.

"아이구, 이 가엾은 것. 어찌 이런 고약한 일이 다 있다더냐."

시어머니는 혜경을 부둥켜안고 흐느꼈습니다. 혜경과 시어머니는 서로를 위로하며 슬픈 마음을 달랬지만 오히려 슬픔은 배가 되었습니다.

용준과 혜경은 양가 부모의 소개로 만났습니다. 양가 부모는 가까운 사이로 서로의 자식에 대해서도 속속들이 잘 알고 있었습니다. 용준의 부모님은 예쁘고 친절하고 상냥한 혜경을 진즉에 며느릿감으로 찜해두었고, 혜경의 부모님 역시 듬직하고 성실한 용준을 사윗감으로 마음에 두고 있었던 것입니다. 그러던 차에 양가 아버지끼리 식사를 하는 자리에서 둘을 짝 지어주자고 말했습니다.

"여보게, 자네 딸 혜경이를 우리 용준이 짝으로 했으면 하는데 어떤가?"

용준의 아버지는 정색하며 말했습니다.

"그래? 거 좋지. 나 역시 용준이를 우리 혜경이 짝으로 맺어주고 싶었는데 아주 잘됐네."

혜경이 아버지는 용준이 아버지의 제의를 흔쾌히 받아들였습니다.

"사돈, 잘 부탁합니다."

"뭐라, 사돈? 그거 말 되는구먼. 하하하……."

용준이 아버지 농담에 혜경의 아버지는 호탕하게 웃었습니다. 그 후 용준과 혜경은 양가 아버지의 바람대로 교제를 하며 서로에 대한 믿음을 키워나갔습니다.

"혜경 씨, 나 뭐 하나 물어봐도 돼요?"

"네, 물론이죠."

"저, 그럼 내가 묻는 말에 솔직히 말해줘야 합니다."

용준은 이렇게 말하며 엷게 웃었습니다.

"네, 그럴게요. 뭐든지 말해보세요."

혜경은 상냥하게 말하며 웃었습니다.

"저……, 혜, 혜경 씨. 날 어떻게 생각하세요?"

"어떻게 생각하다니요?"

"내가 혜경 씨 마음에…….."

용준은 이렇게 말하며 뒷말을 흐렸습니다.

"아, 용준 씨가 내 마음에 드냐구요?"

"……네, 네."

"어떨 거 같아요?"

"……."

혜경의 반문에 얼굴이 발개진 용준은 아무 말도 못 한 채 우물쭈물했습니다.

"호호호……. 미, 미안해요. 나, 용준 씨 좋아해요."

"저, 정말입니까? 그 말?"

"네. 용준 씨는요?"

혜경은 싱긋 웃으며 말했습니다.

"나도, 혜경 씨가 무척 좋습니다."

"그래요? 고마워요."

서로의 마음을 확인한 그날 이후 그들은 급속도로 가까워졌고 사랑을 키워갔습니다. 오래지 않아 그들은 결혼식을 올리고 부부가 되었습니다. 부부가 된 혜경과 용준은 양가 부모의 사랑과 기대를 한 몸에 받았습니다. 듬직하고 자상한 용준과 예쁘고 상냥하고 친절한 혜경은 그들 부모에겐 너무도 소중한 자식이었습니다.

그들은 안양에 신접살림을 차리고 헬스클럽을 열었습니다. 당시 헬스클럽은 매우 전망이 좋은 사업이었습니다. 경제 수준이 높아지면서 건강을 생각해 운동에 몰두하는 사람들이 날로 증가하던 때라 헬스클럽은 아주 잘되었고, 예금통장엔 아름다운 미래를 위한 행복자금이 차곡차곡 쌓여갔습니다. 혜경과 용준은 예금통장을 들여다보며 마냥 행복해했습니다.

"용준 씨, 매일 이렇게 돈을 벌면 우리 금방 부자 되겠다, 그치?"

혜경은 적금통장을 자신의 가슴에 품으며 밝게 말했습니다.

"그럼. 우리 열심히 벌어서 집도 사고, 차도 사고, 그리고 당신이 갖고 싶은 것도 사고 양가 부모님들 외국여행도 시켜드리자."

용준도 덩달아 신이 났습니다.

"용준 씨, 우린 할 수 있을 거야. 아니 우리는 반드시 해야만 해. 그게 우리가 해야 할 일이니까."

"그래. 나도 그렇게 생각해. 혜경 씨는 마음이 예쁘니까, 꼭 그렇게 될 거야."

"용준 씨도 마음이 착하고 부지런하니까 반드시 그렇게 될 거야."

"그래? 하하하……."

둘은 서로를 추켜세우며 기분 좋게 웃었습니다.

주변 사람들은 그들이 예쁘게 사는 모습을 어여삐 여겼습니다. 혜경과 용준은 하루하루가 너무 행복했습니다. 너무 행복해 어느 날은 '이 행복이 달아나버리면 어떡하지?'라는 엉뚱한 생각까지 들곤 했습니다. 그만큼 그들은 행복했습니다.

그러던 어느 날이었습니다. 그들 부부는 인근에 있는 수영장으로 갔습니다. 용준은 워낙 운동을 좋아하는 터라 하루도 운동을 거르는 법이 없었습니다. 그날도 여느 때와 다름없이 수영을 하며 즐거운 시간을 보냈습니다. 그러던 중 용순이 다이빙을 하겠다며 다이빙대로 올라갔습니다.

"혜경 씨, 잘 봐!"

용준은 이렇게 말하고는 다이빙을 했습니다. 그런데 혜경이 여느 때와 같이 용준의 멋진 다이빙 모습을 그려보는 순간, 자신의 눈을 의심하는 일이 벌어졌습니다. 물로 뛰어든 용준이 정신을 잃은 것입니다. 순간 수영장은 한바탕 소요가 일었습니다. 여기저기서 사람들이 모여들며 웅성거렸습니다.

"용준 씨! 정신 차려봐! 용준 씨!"

수영장 바닥에 머리를 부딪친 용준은 정신을 잃은 채 요동도 하지 않았습니다. 수영장 직원이 긴급하게 앰뷸런스를 불렀습니다. 앰뷸런스가 오는 그 짧은 시간이 혜경에겐 마치 수백 수천 날과도 같았습니다.

"용준 씨! 정신 차려! 눈 떠봐. 응, 용준 씨······."

혜경은 용준의 창백한 얼굴에 자신의 얼굴을 비벼대며 마구 소리치고 울부짖었습니다.

"아주머니, 진정하세요. 별일 없을 거예요."

수영장 직원은 안타까운 얼굴로 말하며 혜경을 위로하였지만 그녀의 귀에는 하나도 들리지 않았습니다. 혜경은 몸부림치며 깊은 슬픔을 토해냈습니다. 자신에게 일어나리라고는 꿈에도 생각지 못했던 일이라 그 충격은 실로 더했습니다.

"별일 없어야 될 텐데……."

"별일 없을 거야. 정말 성실하고 친절한 사람인데."

용준을 아는 사람들은 한마디씩 하며 무사하기를 바랐습니다. 얼마 후 앰뷸런스가 도착하고 용준은 병원으로 실려 갔습니다.

"하나님, 제 남편을 살려주세요. 그이는 너무도 착한 사람이에요. 그이가 아무 일 없었던 것처럼 자리를 툭툭 털고 일어날 수 있게 도와주세요. 네, 하나님……. 전 그이 없인 하루도 못 살아요. 저도 행복하게 살고 싶어요. 하나님, 그러니 저를 가엾이 여겨 제발 그이를 살려주세요. 네, 하나님……. 하나님, 제 뱃속엔 하나님께서 선물로 주신 우리의 아기가 자라고 있어요. 아빠 없는 아기가 되지 않게 해주세요. 아기에게 슬픔을 주기 싫어요. 하나님……, 제발 부탁이에요. 하나님, 간절히 소원합니다."

혜경은 용준을 간호하며 틈틈이 기도하였습니다. 그녀의 기도는 너무도 간절했습니다. 마치 눈물 없이는 볼 수 없는 슬픈 영화처럼 그렇게도 슬프고 간절했습니다.

그러나 사흘이 지나도록 용준은 잠에서 깨어날 줄 몰랐습니다. 혜경의 눈물 어린 간절한 기도는 쉬지 않고 계속되었습니다. 낮이나 밤이나 새벽이나 혜경은 눈물을 뿌리며 너무도 간절히 기도하였습니다.

그녀의 간절한 기도는 하나님을 감동시켰고, 하나님은 그녀의 소원을 들어주셨습니다. 요지부동이던 용준의 의식이 돌아온 것입니다.

"용준 씨! 용준 씨, 나 누군지 알겠어?"

혜경은 의식을 차린 용준을 향해 말했습니다.

용준은 고개를 끄덕이며 혜경을 물끄러미 바라보았습니다.

"용준 씨, 고마워. 이렇게 살아줘서 정말 고마워."

혜경은 용준을 부둥켜안으며 뜨거운 눈물을 흘렸습니다. 아, 그런데 용준은 정신을 차렸건만 팔다리를 움직일 수 없었습니다. 용준은 가슴이 철렁 내려앉았습니다. 그녀는 떨리는 목소리로 의사에게 물었습니다.

"서, 선생님. 왜 팔다리를 움직이지 못하지요?"

"저, 유감스럽게도 척추를 크게 다쳐 지금으로 봐선 회복이 불가능합니다."

"그, 그게 사실이에요?"

"네. 유감스럽게도 그만······."

의사의 말에 혜경은 절망했습니다. 그 순간 하늘이 와르르 무너져 내리는 것 같은 참혹한 절망감이 그녀의 가슴을 엄습했습니다. 혜경은 "아, 아!" 하며 자신도 모르게 비명을 터뜨렸습니다. 그러나 용준을 생각해서 입술을 깨물며 억지로 참았습니다. 그러자니 그녀의 심정은 갈기갈기 찢기는 것 같았습니다.

"어떻게, 어떻게 이런 일이. 흐흐흐······."

병실 밖으로 나온 혜경은 울고 또 울었지만 그런다고 해서 달라지는 것은 아무것도 없었습니다.

혜경은 기도를 하며 용준이 낫기를 간절히 바랐습니다. 용준이 나아야 모두 행복해질 수 있다는 믿음 때문입니다. 그녀의 열망은 간절했지만 달라지는 것은 아무것도 없었습니다.

1년 동안을 병원에서 보낸 끝에 용준은 퇴원했습니다. 퇴원을 했지만 용준은 절망감에 사로잡혔습니다. 나을 수 있다는 희망이 보이지 않았기 때문입니다.

용준은 하루하루가 너무 힘들었습니다. 그런 남편을 바라보는 혜경의 심정은 이루 말할 수 없었습니다. 하지만 혜경은 미소를 잃지 않고 정성껏 용준을 보살폈습니다. 그녀는 희망을 버릴 수 없었습니다. 그들에게는 사랑의 결실인 아기가 있습니다. 용준이 입원해 있을 때 낳은 아기는 어느새 돌이 다 되었습니다. 아기는 무럭무럭 잘 자랐고 그들에게는 새로운 희망이었습니다.

아기는 외할머니와 친할머니가 번갈아 돌봤습니다. 용준의 간호만으로도 혜경은 헤어나지 못할 만큼 힘들었습니다. 하나에서부터 열까지 혜경의 손길이 필요했습니다. 그러니 아기를 키운다는 것은 생각뿐이었습니다.

용준은 물리치료를 받으러 병원에 다녔습니다. 그러던 중 그와 똑같은 증상으로 치료를 받았던 남자를 알게 되었습니다.

"여보게, 이건 치료를 받는다고 해서 낫는 병이 아니네. 그러니 이 사람 저 사람 말만 듣고 이 병원 저 병원으로 돈 갖다 주지 말고 재활치료나 열심히 받게. 그래서 손이라도 움직일 수 있다면 감사하게 여기고 무언가를 배우도록 하게. 평생 먹고살 수 있는 것 말일세."

그는 자신의 경험을 들려주며 용준에게 재활치료를 열심히 받을 것을 권했습니다. 그리고 손이라도 움직이게 되면 무언가를 배워 평생에 대비하라고 일러주었습니다.

"고맙습니다, 아저씨. 저……, 손을 움직이면 뭘 배우는 게 좋을까요?"

"우리 같은 사람은 배울 게 딱 두 가지야. 하나는 글 쓰는 일이고, 또 한 가지는 그림을 그리는 거지."

"글 쓰는 것과 그림 그리는 거요?"

"그래. 그것밖엔 할 수 있는 게 없네."

"글은 뭐 아무나 쓰나요? 또 그림은 어떻고……."

"그러니 죽자 살자 배워야지. 글은 재능이 있어야 하지만 그림은 죽자 살자 노력하면 되더라고. 내가 아는 사람도 지금 화가로 활동하고 있네."

"그, 그렇군요."

"그러니 자네도 한번 해보게. 내 얼핏 듣자니 그림 그리는 것을 좋아한다던데……."

"아, 네. 학교 다닐 때 조금 좋아했어요."

"잘됐네. 그럼, 한번 해보게. 그게 자네에게 평생의 길이 되어 줄지 누가 아는가."

그는 이렇게 말하며 희망을 잃지 말라고 격려해 주었습니다.

집으로 돌아온 혜경은 그날 저녁 용준에게 말했습니다.

"자기야, 아까 그 아저씨 말대로 그림을 한번 배워봐. 자기 그림 그리는 거 좋아하잖아."

"그림? 내가 과연 이 몸으로 해낼 수 있을까."

용준은 자신 없는 표정을 지으며 말했습니다.

"물론이지. 난 자기가 해낼 수 있을 거라고 믿어. 그러니 한번 해봐. 내가 몸이 부서지는 한이 있더라도 자기 손발이 되어 줄 거야."

혜경은 용준에게 용기를 불어넣었습니다. 그녀의 얼굴엔 강렬한 의지가 불꽃처럼 피어 있었습니다. 용준은 혜경의 강렬한 의지를 보며 그림을 그리다 죽는 한이 있더라도 그림을 그리겠다고 결심했습니다.

"그래 좋아. 한번 해볼게. 하다 쓰러져 죽는 한이 있더라도 해볼게."

"저, 정말이야?"

"응. 해볼게. 꼭 해내고 말거야."

"자기야, 고, 고마워."

"고맙긴. 내가 자기에게 고맙지."

둘은 이렇게 말하며 오랜만에 활짝 웃었습니다. 혜경은 아는 사람을 통해 미술대학 교수를 소개받았습니다. 교수는 열정적으로 지도했고, 용준은 함께 배우는 사람들에게 뒤처지지 않으려고 안간힘을 쓰며 그림을 그렸습니다. 손목만 간신히 움직이는 상황에서 그림을 그리려니 많은 노력이 필요했습니다. 붓 잡을 힘이 없어 수없이 붓을 떨어트리는가 하면 뭐든 혜경의 손길이 있어야만 했습니다.

용준에게 혜경은 빛과 그림자였습니다. 혜경은 한시도 그의 곁에서 떨어질 수 없었습니다. 자신의 모든 것을 용준에게 맞췄습니다. 친구도 만날 수 없고 시장도 그 어디도 갈 수 없었습니다. 혜경에게 있어 용준은 삶의 올가미였지만 그녀는 행복한 올가미로 삼기로 했습니다.

비가 오나 눈이 오나, 폭우가 쏟아지고 태풍이 몰아쳐도 용준의 그림 공부는 쉬는 적이 없었습니다. 성치 않은 몸으로 건강한 사람들과 경쟁하자니 남들이 자거나 놀 때도 용준은 오직 그림만 그렸습니다. 그의 가슴엔 아내 용준과 할머니 품에서 하루하루 자라고 있는 아기뿐이었습니다. 혜경과 아기는 그에게 희망의 원천이었습니다.

1년이 지나고, 2년이 지나고, 3년이 지나면서 그의 그림은 몰라보게 달라졌습니다. 용준은 일반인을 대상으로 하는 홍익대학교 그림교실에 등록했습니다. 이 역시 혜경의 결단에 따른 것이었습니다. 홍익대 그림교실에서 공부하려면 직접 학교에 가야 하는데, 그러려면 혜경이 용준을 태워 가고 태워 와야 했습니다. 그런데 혜경은 차가 없었고, 더구나 운전면허증도 없었습니다. 혜경은 면허를 따야겠다고 결심하고 자동차학원에 등록했고, 단 한 번 만에 면허를 땄습니다.

"자기야, 축하해."

혜경이 면허를 딴 날 용준은 뛸 듯이 좋아했습니다. 자신을 위해 애쓰고 노력하는 혜경이 너무 고마웠던 것입니다.

"이게 다 자기가 더 공부하라는 하나님 뜻이야."

혜경은 이렇게 말하며 활짝 웃었습니다. 양가 부모로부터 축하를 받은 혜경은 큰일을 해낸 것만큼이나 자신이 무척 자랑스러웠습니다. 남자들도 한 번에 따기 힘든 면허를 여자의 몸으로

단번에 따냈으니 말입니다.

시아버지는 당장에 자동차를 사주었습니다. 자신의 아들을 위해 헌신하는 며느리가 너무도 고마웠습니다. 자신의 삶을 온통 남편을 위해 바치는 며느리는 시아버지에겐 천사였습니다.

"애야, 네가 우리 집 보배로구나. 하늘 아래에 너 같은 며느리가 어디 또 있겠느냐. 정말 고맙다."

시아버지는 입에 침이 마르도록 칭찬하며 고마워했습니다.

혜경은 용준을 학교에 데려다주고 데려오는 일이 힘들고 고달팠지만 한 번도 거른 적이 없었습니다. 몸살이 나거나 몸이 아파도 이를 악물고 참아냈습니다. 혜경은 용준을 위해서라면 못 할 것이 없었습니다. 그녀의 희생과 헌신으로 용준은 그림교실을 무사히 수료할 수 있었습니다.

"자기야, 고마워. 자기가 아니었다면 지금의 나는 없었을 거야. 정말 고마워."

"고맙긴, 당연한 일을 한 것뿐인데……. 잘 참고 해줘서 내가 고맙지. 자기야, 사랑해."

그들은 이렇게 말하며 행복한 미소를 지었습니다.

용준의 그림 실력은 전문가들이 인정할 정도로 뛰어났습니다. 그는 1994년부터 2008년까지 37번의 단체전에 참여하였고, 4번의 개인전을 열고, 대한민국 미술대전을 비롯해 5번의 공모전에 참여하는 등 왕성한 작품 활동을 하며 세상을 놀라게 했습니다. 용준의 성공 뒤에는 20여 년간 헌신적으로 뒷바라지 해온 혜경의 사랑이 있었습니다. 그녀의 사랑이 없었더라면 지금의 화가 용준은 존재하지 않았을 것입니다.

또한 아무리 혜경의 헌신적인 사랑이 있었더라도 용준의 피나는 노력과 의지가 없었더라면 지금의 행복은 없었을 겁니다. 그러고 보면 용준과 혜경은 하나님이 맺어준 찰떡 인연입니다. 물론 인연으로 맺어지지 않은 부부가 어디 있을까요. 하지만 용준과 혜경은 그 의미가 사뭇 다릅니다. 그러기에 그들의 사랑이 많은 이들에게 감동을 주고 꿈을 주는 것입니다.

하나뿐인 아들은 지금 미국에서 공부하고 있습니다. 아빠 때문에 따스한 손길 한번 제대로 주지 못했지만, 반듯하고 건강하게 잘 자라준 아들을 생각할 때마다 혜경은 너무도 미안하고 대견하고 감사했습니다.

"잃은 것도 많지만 얻은 것도 많습니다. 시련에 지면 영원히 지는 거지만 시련을 이겨내면 영원히 승리하는 것입니다. 이런 진리를 알기까지는 너무도 힘들었지만 하나님은 우리에게 소중한 진리를 깨우쳐주셨습니다. 그래서 지금은 내 인생이 참 고

늘 진동하는 장미향으로 가득 찬 인생이길 바라지만,
마음만으로는 그렇게 되지 않습니다.
아름답게 살아야 아름다운 인생이 되는 것입니다.

맙고 감사합니다. 그리고 아내가 참 감사하고 고맙습니다. 이 사람을 만나지 않았더라면 지금의 나는 아마 없을 겁니다. 인생을 다시 살 수 있다면 건강한 몸으로 아내를 위해 제 일생을 아낌없이 바치고 싶습니다."

용준은 이렇게 말하며 활짝 웃었습니다.

"남편에게 찬사를 들으니 너무 행복하네요. 사실 난 내가 해야 할 일을 한 것뿐입니다. 그런데 이렇게 칭찬을 들으니 부끄럽습니다. 앞으로 건강하게 더도 말고 덜도 말고 지금처럼만 살았으면 좋겠습니다."

이렇게 말하는 혜경의 눈가에 물기가 반짝였습니다. 그러면서도 그녀의 입은 활짝 웃고 있었습니다. 혜경을 바라보는 용준의 눈에도 물기가 반짝거렸습니다.

그들의 모습은 이 세상 그 어느 부부보다도 아름다웠습니다. 시련을 피해 도망가지 않고 당당이 맞서 싸워 이긴 그들의 사랑. 그런 사랑이기에 사막 같은 현실에서도 그 사랑은 더욱 찬란하게 빛나고 있습니다.

● ● ●

아름다운 인생은 아름다운 일을 할 때 찾아온다

누구나 자신의 인생이 아름답길 바랄 것입니다. 늘 진동하

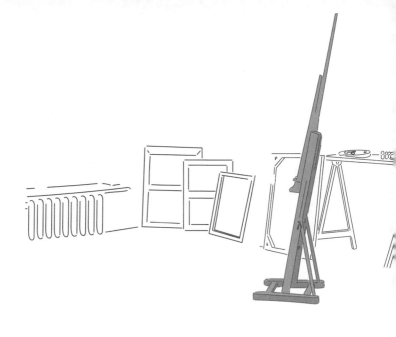

는 장미향으로 가득 찬 인생이길 바라지만, 마음만으로는 그렇게 되지 않습니다. 아름답게 살아야 아름다운 인생이 되는 것입니다. 그런데 많은 사람들은 이 평범한 진실을 외면하고 건너뛰려고만 합니다. 그러다 보니 고통의 강물에 빠져 흐느적거리고 헤어나지 못하는 아픔으로 자신의 인생을 슬퍼합니다. 그러면서 사랑하는 이를 탓하고 모든 잘못을 상대방에게 덮어씌우려고 합니다. 그것이 더 큰 아픔을 갖고 온다는 사실도 잊은 채.

"행복에는 날개가 있어 붙들어 놓는다는 것은 참으로 어려운 일이다."라고 실러는 말했습니다. 그렇습니다. 행복은 한자리에 머물러 있지 않습니다. 자신을 불러들이는 인생을 찾아가기 때문입니다. 행복이 자신에게 찾아와 주길 바란다면, 그래서 오래도록 함께하길 바란다면 아름다운 인생을 살아가는 일에 열정을 바치기 바랍니다.

행복은 열정적인 사랑에서 오고 사랑은 기쁨 넘치는 행복에서 오는 것입니다.

아름다운 인생을 사는 지혜

사랑하는 이로부터 사랑을 받으려고만 하지 미십시오. 그것은 사랑이 아닙니다. 당신이 먼저 사랑하는 이에게 사랑을 주십시오. 사랑은 주는 것이 아름다운 것입니다.

당신이 행복하고 싶다면 행복한 일을 찾아서 하기 바랍니다. 행복한 일을 찾아서 하다 보면 행복하게 되고 당신이 사랑하는 이도 당신에게 행복을 주기 위해 애쓸 것입니다.

아름다운 인생이 되고 싶다면 아름답고 복된 일을 찾아 하십시오. 행복하지 않으면 인생을 아름답게 느끼지 못합니다. 아름다운 인생은 아름다운 일을 할 때 찾아오는 파랑새입니다.

함께여서 더 아름다운, 인생의 기쁨

사랑하는 사람에게 "당신이 있어 내 인생이 참 행복해."라는 말을
들을 수 있다면 성공한 인생이 아닐까요? 변하지 않는 사랑만 있다면
그 무엇이 부러울까요. 사랑은 참 좋은 인생의 기쁨입니다.

운명적이지 않은 사랑은 없다

부부란 필연적인 만남으로 맺어진 사람들이다

사람과 사람이 만나게 되는 것은 운명적인 일입니다. 어떤 사람들은 버스를 타고 가다, 기차를 타고 가다, 길을 가다가, 영화관에서, 피서지에서, 산을 오르다, 직장에서 만나게 되어 계속적인 만남을 이룬 끝에 결혼하여 새로운 인생을 펼쳐나갑니다.

어디 그뿐인가요. 한국 남자가 영국 여자와 만남을 이루고 한국 여자가 독일 남자와 만남을 이뤄 새 인생을 만들어 갑니다. 이런 것을 보면 만남이 운명적이라는 것을 부인할 수 없을 겁니다. 운명적으로 만나게 되어 있는 사람들은 어떤 상황에서도 반드시 만나게 됩니다. 이런 운명적인 만남은 만남을 이루지 않으려고 해도 이뤄지지만 우연을 가장한 만남은 깨지게 됩니다. 그것은 필연적 진실이 아니기 때문입니다. 다시 말해 계산이 깔린 만남이란 것이지요.

이렇게 우연을 가장한 만남은 계략적인 것이라 필연적 진실이 아닙니다. 운명적으로 맺어지는 것이 아니라 상대방이 맘에 들어 억지로 만남을 가장한다는 말입니다. 이는 술수에 지나지 않는 거짓이란 말이지요. 물론 우연을 가장하여 만남을 이룬 부부들도 있습니다.

그러나 필연적인 만남을 이룬 사람들보다 숫자적인 측면에서 보면 그 수가 형편없다는 것을 알 수 있지요. 이를 보더라도 많은 부부들은 운명적으로 만나게 되어 짝을 이룬 사람들이라는 것을 알 수 있습니다.

필연적으로 맺어진 사람들인 부부, 그러나 현실적으로 많은

커플들이 갈등하고 서로를 질시하며 살고 있다는 것은 하나의 아이러니가 아닐 수 없습니다.

서로를 꼭 필요한 사람이라고 생각하라

삶의 형태가 변화하면서 사람들의 가치관도 크게 달라졌습니다. 특히, 여성들의 생각에 큰 변화가 일고 있습니다. 현대 여성들은 자식을 자신보다 소중히 여기던 과거의 여성들과는 현저히 다르다는 것을 알 수 있는데, 삶에서 자신의 인생을 중요하게 여깁니다. 이는 교육수준의 향상과 경제 발달에 따른 인식의 변화에서 온 현상입니다. 과거에 순종적이던 것과 달리 현대 여성들은 자기주장이 강하고 자신을 합리화시키는 데 있어 아주 적극적입니다. 또한 논리성도 좋아지고 현실을 꿰뚫어보는 시각도 매우 좋습니다.

이런 생각으로 무장한 아내에게 가부장적인 태도를 갖는다는 것은 섶을 쥐고 불속에 뛰어드는 것과 같은 일이지요. 그런데도 아둔한 남편은 그것을 잘 모르고 서푼짜리도 안 되는 권위를 앞세워 아내를 굴복시키려 드니 지나가던 날파리가 웃을 일입니다.

이젠 생각을 바꿔야 합니다. 생각을 바꾸지 않는 한 가정에 평화는 없습니다. 오직 전쟁만이 있을 뿐입니다. 이럴 때 끝까지 부부가 함께할 수 있는 방법은 서로를 필요한 사람으로 생각하는 것입니다. 아내는 남편을, 남편은 아내를 자신에게 있어 꼭 필요한 사람이라고 생각하면 위기가 찾아와도 조금은 더 참고 기다리는 마음이 생길 겁니다.

자신에게 꼭 필요한 것을 놓아버리는 것은 어리석은 사람이나 하는 짓이지요. 그렇게 본다면 서로가 소중한 사람이라는 고전적인 생각 말고, 현실적인 측면에서 꼭 필요한 존재라고 여기십시오. 그것이 현대를 살아가는 데 있어 보다 현명한 생각일 수 있습니다.

시내 중심가에서 조금 떨어진 오거리 은행 앞엔 난전을 벌이며 삶의 터전을 가꾸는 사람들이 있습니다. 그 사람들 중엔 뻥튀기를 파는 뇌성마비 장애인 남자가 있습니다. 경태는 불편한 몸이지만 늘 얼굴에서 미소가 떠나지 않았습니다. 언제나 싱글벙글하며 웃음꽃을 피웠습니다.

"아저씨, 아저씨는 뭐가 그리도 좋아 날마다 싱글벙글이에요?"

손님이 어쩌다 물으면 그는 온몸에 잔뜩 힘을 주어 말했습니다.

"그, 그, 그냥, 이, 이요."

"그냥이요? 이유도 없이요?"

"아, 시, 실은……, 우, 우리, 새 색시가……."

"아, 색시를 생각하면 그저 기분이 좋은가 보군요."

"예, 예. 그, 그래, 요."

그는 이렇게 말하며 다시 한번 환하게 웃었습니다.

그에겐 자신과 똑같은 장애를 가진, 그가 세상에서 가장 사랑하는 아내가 있습니다. 그는 장애인 복지시설 직원의 소개로 아내를 만났습니다. 그는 평소에 장애인 복지시설을 자주 이용했는데, 어느 날 성실하고 부지런한 그의 모습을 눈여겨보았던 어느 직원이 그에게 말했습니다.

"경태 씨, 내가 소개시켜줄 사람이 있는데 한번 만나 볼래요?"

"제, 제, 제가요?"

"예. 경태 씨만 좋다면 내가 한번 주선해 볼까 하는데……."

"제, 제가, 이, 이런, 모, 몸으로 어, 어, 어떻게……."

경태는 내심으론 기뻤지만 자신의 처지를 생각하니 그건 그림의 떡과 같은 것이었습니다. 누가 자신같이 가난한 장애인에게 관심을 가져줄까 하는 마음이 들었기 때문입니다. 더구나 요즘 젊은 여자들은 몸이 건강해도 가난한 남자에겐 눈길도 안 준다는데 몸이 불편하고 초라한 환경을 가진 자신 같은 사람은 언감생심 꿈도 꾸지 못할 일이라는 게 평소 그의 생각이었습니다.

"그런 일이라면 걱정 안 해도 돼요. 그 사람도 경태 씨와 처지가 비슷한 사람인데 마음이 곱고 참 성실한 여자예요. 어때요?

한번 만나 볼래요?"

복지시설 직원은 이렇게 말하며 환하게 웃었습니다.

경태는 자신의 처지와 비슷하다는 말에 순간 눈이 번쩍 뜨였습니다. 그렇다면 한번 만나 봐도 괜찮지 않을까, 하는 생각이 들었던 것입니다. 그래서 그는 더 이상 생각할 것도 없이 고개를 끄덕거렸습니다. 그의 얼굴이 붉게 변한 것을 보고 복지시설 직원은 엷게 미소 지으며 말했습니다.

"알았어요. 그러면 약속 날짜를 정해 연락할 테니 그렇게 알아요."

"예, 예……."

이렇게 말하는 경태의 얼굴은 붉은빛이 역력해 마치 마악 익기 시작한 석류 같았습니다.

그날 이후 꽤 여러 날이 지났지만, 복지시설 직원으로부터 연락이 없자 경태는 내심 초조하기까지 했습니다. 지난번 복지시설 직원의 태도로 보아선 당장이라도 연락이 올 것만 같았기 때문입니다. 하지만 경태는 자신의 심정을 어느 누구에게도 말하지 못하고 가슴앓이를 했습니다.

그러던 어느 날 복지시설 직원으로부터 만나자는 연락이 왔습니다. 경태는 뛸 듯이 기뻐하며 외출 준비를 했습니다. 그는 약속 장소로 가는 내내 두근거리는 가슴을 진정시키느라 무진

애를 썼지만 좀체 진정되지 않았습니다. 그만큼 기대하는 바가 컸던 것입니다.

약속 장소엔 복지시설 직원과 어떤 여자가 함께 있었는데 그는 첫눈에 내 여자다, 라는 느낌이 확 들었습니다. 경태의 눈엔 그녀가 천사보다도 더 아름다워 보였습니다.

복지시설 직원의 소개로 그들이 서로 인사를 하자 그는 천천히 이야기를 나눠보라며 자리를 피해주었습니다. 잠시 어색한 침묵이 흘렀습니다. 짧은 순간이었지만 경태는 이 기회를 절대로 놓쳐서는 안 된다는 생각에 사로잡혀 자신이 먼저 적극적으로 나서며 말했습니다.

"이, 이렇게 마, 만날 수 있어서, 저, 정말 기, 기쁩니다."

"저, 저도 겨, 경태 씨를 마, 만나서, 바, 반가워요."

경태는 자신을 만나서 반갑다는 그녀의 뜻밖의 말에 큰 감동을 받았습니다. 자신 같은 사람을 만나서 반갑다니, 이는 분명 그녀도 자신에게 관심이 있다는 증거였습니다. 그래서 그는 더욱 용기를 내어 말했습니다.

"여, 연희 씨, 저, 저는 여, 연희 씨가, 너, 너무 마, 맘에 드, 듭니다."

"그, 그래요? 제, 제가 마, 마음에 드, 든다고요?"

"예. 저, 정말, 마, 마음에 드, 듭니다."

"저, 저도, 겨, 경태 씨가, 조, 조, 좋습니다."

"저, 정말요? 그, 그 ,마, 말 지, 진짜지요?"

"예, 예……."

연희는 이렇게 말하며 살짝 얼굴을 붉혔습니다. 그 모습을 보고 경태는 이게 꿈이야 생시야 하며 들떴습니다. 그 둘은 첫 만남부터 서로에게 깊은 호감을 느꼈고, 처음 만났지만 오래전부터 알아온 사람들처럼 자연스럽게 이야기하며 즐거운 시간에 흠뻑 빠져들었습니다.

경태는 연희와 이야기하는 내내 시간이 더디 가길 바랐습니다. 경태는 오늘처럼 즐겁고 행복한 시간을 보낸 적이 없었던 터라 가는 시간을 꽁꽁 붙잡아 두고만 싶었습니다. 연희 역시 마찬가지였습니다. 그녀는 경태와 함께하는 이 시간이 마냥 즐겁고 좋았습니다. 그래서 오래도록 그와 시간을 보내고 싶었습니다. 그들은 운명처럼 서로를 너무도 맘에 들어 했습니다.

그러나 시간은 자꾸만 흘러갔고 그들은 아쉬움 속에서 떨어지지 않는 발길을 돌려야 했습니다.

"우, 우, 우리 또, 또, 마, 만나요."

경태는 그녀와 헤어지며 말했습니다.

"아, 아, 알았어요. 여, 여, 연락 하, 할게요."

연희는 경태의 만나자는 말에 자신이 연락하겠다고 흔쾌히 말했습니다. 그리고 그들은 헤어졌습니다.

집으로 오는 내내 경태의 입은 다물어지지 않았습니다. 뭐가 그리도 좋은지 계속 히죽거리며 웃었습니다. 그에게 사랑은 은은한 3월 봄바람처럼 그렇게 찾아왔습니다.

이런 감정은 연희 또한 마찬가지였습니다. 집에 오는 도중에도 집에 와서도 경태의 멋진 모습이 눈에 자꾸만 아른거려 가슴이 설렜습니다. 그녀에게도 사랑은 유채꽃 위를 나풀대며 나는 나비처럼 찾아왔습니다.

그날 이후 그들은 자주 만나 사랑을 키웠고, 만났다 헤어지는 순간부터 너무도 서로가 보고 싶었습니다. 도저히 이대로는 더 이상 견딜 수가 없었던 그들은 하루라도 빨리 결혼하기로 굳게 언약을 하였습니다.

두 사람은 그들의 끈끈한 사랑을 눈여겨봐 온 복지시설 직원의 주선으로 결혼식을 올렸습니다. 그들의 결혼식은 많은 사람들의 관심 속에서 치러졌습니다. 그리고 시에서 임대해 준 아파트에 신접살림을 차리고 지금까지 행복하게 살고 있습니다.

경태는 더욱 열심히 일했습니다. 사랑하는 아내를 위해서 그리고 자신들의 먼 훗날을 위해서 한순간도 게으름을 피우지 않았습니다. 열심히 사는 그의 모습은 주변 사람들을 감동시켰고 모범이 되었습니다.

그의 아내는 그런 남편이 너무도 사랑스럽고 자랑스러웠습니다. 그는 그의 아내에게 이 세상에서 가장 멋진 남편이고 가장 훌륭한 사람이었습니다. 그녀는 밖에서 일하는 남편에게 전화를 걸어 오늘은 무엇이 먹고 싶으냐고 묻곤 합니다. 그러면 경태는 자기가 좋아하는 것은 뭐든지 좋다며 너스레를 떨곤 합니다. 그러고는 나는 자기가 보고 싶어 죽겠는데 자기는 나 안 보고 싶으냐고 말합니다. 그러면 경태는 입에 귀가 걸리도록 활짝 웃으며 지금도 보고 싶다며 말합니다. 그야말로 닭살부부가 따로 없습니다.

어떤 날은 아내가 휠체어를 타고 경태가 일하는 곳으로 나옵니다. 그러고는 경태 옆에 앉아 행복한 미소를 지으며 남편을 바라봅니다. 경태는 그런 아내가 하도 예뻐서 눈이 짓무르도록 바라봅니다. 말없이 서로를 바라보는 것만으로도 너무 행복합니다.

아내가 뻥튀기를 잘라 경태의 입에 넣어주면 그는 옆에 누가 있건 없건 넙죽 받아 맛있게 먹습니다. 그러고는 이번엔 자신이 아내에게 먹여줍니다. 그러면 아내는 사랑 가득한 얼굴로 받아먹습니다. 그러면 경태는 아내가 맛있게 먹는 모습만으로도 배가 부릅니다.

"그렇게도 색시가 좋아?"

옆에서 지켜보던 할머니가 물으면 그는 싱글벙글하며 말합니다.

"그, 그, 그럼요. 어, 어, 얼마나, 예, 예쁜데요."

"그래야지. 내 색시가 제일 예뻐야지. 색시도 신랑이 그렇게 좋아?"

"예, 너, 너무, 너무 조, 좋아요. 어, 어, 얼마나 자, 잘해 주, 주
는데요."

"그래, 좋을 때다. 그렇게 오순도순 살아도 인생은 잠깐이야.
그러니 지금처럼 변함없이 잘 살아. 그렇게 사는 게 최고지 뭐."

"예, 하, 할머니. 그, 그렇게 사, 사, 살 거예요."

경태는 이렇게 말하며 뻥튀기를 할머니에게 내밉니다. 할머니
는 괜찮다며 손사래를 치지만 그는 기어코 할머니 손에 뻥튀기를
쥐여줍니다. 그 모습을 지켜보며 그의 아내가 환하게 웃습니다.

그들의 진실한 사랑 앞에 장애는 한낱 바람에 날리는 나뭇잎
과도 같았습니다. 장애는 몸이 불편할 뿐 마음을 불편하게 하는
것은 아닙니다. 그들은 주변 사람들의 장애에 대한 편견을 말끔
히 상쇄시켰습니다.

삶은 그들에게 불편한 몸을 주었지만 그들은 그로 인해 더욱
값지고 귀한 사랑을 얻었습니다. 하루 일과를 마친 두 사람이
휠체어를 타고 집으로 향합니다. 그들의 다정한 모습이 너무도
사랑스럽습니다. 무슨 할 말이 그리도 많은지 잠시도 쉬지 않고
이야기를 나눕니다. 그 무엇도 그들의 사랑만큼 아름답고 향기
롭지 않습니다.

그들의 사랑이야말로 이 세상 그 어느 꽃보다 아름답고 향기

롭습니다. 그들은 서로에게 운명 같은 사랑이었고 필연적인 운명이었습니다.

● ● ●

사랑보다 더 값진 것은 없다

인생에 있어 가장 값진 것은 사랑입니다. 사랑이 없는 세상을 한번 생각해 보십시오, 그 생각만으로도 숨이 턱턱 막힙니다. 아무리 돈이 많아도 사랑이 없으면 멋진 신사복에 고무신을 신은 꼴이 될 겁니다. 신사복에 고무신 또는 양장에 슬리퍼를 신었다고 생각하면 얼마나 웃기는 모습입니까. 이런 언밸런스한 삶을 원하는 사람은 없을 겁니다.

그런데 사랑이 없다면 바로 이 언밸런스한 인생을 살아갈 수밖에 없습니다. 사랑하는 일에 충실해야 합니다. 같은 말이라도 사랑스럽게 하고, 같은 행동이라도 더 아름답게 해야 합니다.

경태 부부는 비록 몸은 불편하지만 마음은 그렇지 않은, 지극히 아름다운 사람들입니다. 서로를 자기 몸처럼 아껴주고 믿어주고 사랑하는 그들처럼 살아야 하지 않을까요.

그렇습니다. 몸은 정상이지만 마음이 장애인인 사람들, 그런 사람들이 많은 현실에서는 더더욱 서로를 아껴주고 사랑해야 할 것입니다.

인생을 풍요롭게 사는 지혜

몸은 정상이지만 마음이 징애인 부부들이 있습니다. 무늬만 부부이지 실제로는 의무적으로 사는 사람들입니다. 마음을 한 단계만 낮추십시오. 성냄을 한발만 뒤로 늦추십시오.

어떤 일에 부딪치게 되면 당신이 먼저 양보하십시오. 양보는 당신이 못나서 하는 게 아닙니다. 그것은 상대방에 대한 배려입니다. 매우 아름다운 행위입니다. 상대에 대한 애정이 없으면 할 수 없는 것입니다.

돈은 당신의 어깨를 번듯하게 해주지만 지식은 당신의 마음을 풍요롭게 해줍니다. 책을 많이 읽기 바랍니다. 책에서 지혜를 기르고 참다운 인생의 길을 만나십시오. 책은 바른 인생으로 이끄는 '지혜의 서(書)'입니다.

사랑이 품고 있는 1%의 비밀

너무 흔해서 잊고 사는 진실

너무 흔하다 보면 그 귀중함을 모릅니다. 물도 언제든지 마실 수 있으니 그렇고, 늘 숨을 쉬고 사니 공기에 대해서도 그렇고, 늘 곁에 있으니 사랑하는 사람들이 그렇습니다. 너무 흔해서 우리는 소중함을 잊고 삽니다. 그러다 잠깐 단수라도 되면, 정전으로 전기가 나가게 되면, 숨이 막히다 보면 물에 대해, 전기에 대해, 공기에 대해 느끼게 됩니다. 한시라도 잊어서는 안 될 귀중한 것이라고. 하지만 이런 생각도 잠시뿐 곧 잊고 살아갑니다.

사랑은 너무 흔히 하는 말이고, 소설과 시에서도 넘쳐날 만큼 자주 쓰는 표현이다 보니 사랑을 너무 가볍게 여기고 싸구

려 취급을 합니다. 사랑을 단지 섹스를 위한 표현쯤으로 생각
하기도 하고 감상적인 것으로 치부해버리기도 합니다. 어떤
시인은 사랑시를 저급한 시로 평가 절하하기도 하는데 이는
사랑에 대한 모독이며 버르장머리 없는 발상입니다. 사랑을
가볍게 여겨서도 안 되겠지만 사랑을 저급한 것쯤으로 여기는
것은 더더욱 어리석은 일입니다.

너무 흔하다는 것은 좋다는 것입니다. 좋기 때문에 흔한 것
입니다. 누구에게나 필요하기에 그만큼 귀중한 것입니다. 사
랑하는 이가 늘 당신 곁에 있다고 가볍게 생각하지 마십시오.
그 사랑을 잃어본 사람들은 하나같이 사랑에 아파하고 고통스
러워합니다. 그리고 사랑이 얼마나 귀중한 것인가를 뼈저리게
느끼고 자신의 어리석음을 두고두고 뉘우치지요.

사랑은 바로 그런 것입니다. 사랑하는 이가 당신 곁에 있음
을 감사하게 생각하십시오. 사랑하는 사람이 있다는 것만으로
도 당신은 축복받은 사람입니다.

사랑은 누구에게나 희망이다

사랑은 누구에게든지 희망을 줍니다. 삶에 지친 사람에게도,
절망에 빠진 사람에게도, 상실감에 빠져 방황하는 사람에게도
사랑은 다정한 손길을 건네며 희망을 전해줍니다. 사랑은 사

람을 포근하고 편안하게 하는 힘이 작용하기 때문입니다. 사랑은 무쇠같이 단단히 뒤틀어진 마음도 부드럽게 녹여주고 뻣뻣하고 무뚝뚝한 마음도 눈 녹듯 녹여줍니다. 그래서 사랑이 많은 사람의 눈은 어린 사슴처럼 순하고 행동에는 친밀감이 흐르며 미소는 정겹고 풋풋합니다. 그리고 상대방에 대한 이해와 배려심이 탁월하고 모든 일에 있어 거짓 없는 마음으로 다가갑니다.

그 까닭은 사랑은 온유하고 서두르지 아니하며 미움도 시기도 하지 않기 때문입니다. 그래서 사랑은 무한하며 영원한 것입니다.

이처럼 은혜로운 사랑을 당신이 사랑하는 사람을 위해 맘껏 퍼주기 바랍니다. 사랑하는 이가 당신의 사랑에 취해 당신을 어여삐 여기고 당신의 일이라면 자다가도 벌떡 일어나 웃으며 반길 수 있도록 당신의 사랑을 멈추지 말기 바랍니다.

결혼한 지 5년이 되는 한 부부가 세 살 된 딸과 함께 행복하게 살고 있었습니다. 그런데 갑자기 회사가 잘못되는 바람에 남편이 직장을 잃고 말았습니다.

회사가 잘못되기 전엔 남부러울 것 없이 단란하고 행복한 가정이었습니다. 아내는 남편을 남편은 아내를 늘 서로가 알뜰하게 챙겨주고 아끼며 사랑하였습니다. 주변 친구들이 천생연분이라며 칭찬을 아끼지 않을 만큼 부부애가 남다른 사람들이있습니다.

"도대체 왜 나한테 이런 일이 생긴단 말인가. 한눈 안 팔고 열심히 살아왔는데 내가 무슨 일을 그리도 잘못했다고……. 이 노릇을 어떡한단 말인가. 이렇게 비참하게 될 줄은 꿈에도 생각지 못했는데……."

하루아침에 직장을 잃은 남편은 실의에 빠져 술을 마시며 세상을 원망하고 자신의 처지를 비관하였습니다.

"여보, 일이 이렇게 된 게 당신 잘못은 아니잖아. 그러니 너무 자책하지 마. 당신 그동안 하루도 안 빠지고 열심히 일했잖아. 이참에 좀 쉬어. 그리고 천천히 알아보면 당신에게 맞는 직장이 생길 거야. 당신 같은 능력이라면 어디서든 필요로 할 거야. 난 당신을 믿어."

그런 남편을 바라보는 그의 아내는 너무 마음이 아프고 쓰라

렸지만 고통스러워하는 남편에게 용기를 주며 위로해주었습니다. 그리고 그녀는 전보다 남편을 더 위해주고 그가 자신감을 잃지 않게 세심하게 배려했습니다.

"여보, 미안해. 능력 없는 남편 만나서 고생만 하고……."

"무슨 그런 말이 있어. 난 지금껏 당신을 최고의 남편이라고 생각해 왔어. 지금도 마찬가지고. 앞으로도 역시 내 마음은 똑같아. 그러니 다시는 그런 말 하지 마. 그리고 우리만 힘든 것 아닌데 뭐."

"하지만 현실이 너무 냉혹해……."

"그렇지만 여보, 난 당신을 믿어. 지금보다 더 큰 일이 일어난다고 해도 나는 당신을 믿어. 당신은 내 남편이니까."

이렇게 말하며 미소 짓는 아내를 보자 그는 더 이상 아무 말도 할 수 없었습니다. 지금보다 더한 일이 생겨도 자신을 믿는다는 아내의 말은 그에게 그 어떤 말보다도 큰 용기를 주었습니다.

그는 자신을 변함없이 믿어주는 아내가 너무 고마웠습니다. 그래서 자리를 박차고 일어나 무슨 일이라도 해야겠다고 굳게 마음먹고 외출을 했습니다. 외출하는 그를 향해 아내가 말했습니다.

"여보, 힘내. 사랑해……."

아내의 애교 있는 말에 그는 빙그레 웃으며 말했습니다.

"고마워. 나를 믿고 따라줘서……."

"나도 고마워. 씩씩한 모습을 보여줘서."

그들은 서로 마주 보며 환하게 웃었습니다.

남편은 열심히 일자리를 찾아다녔습니다. 그의 양복 주머니에는 여러 장의 이력서가 들어 있었습니다. 어디든 구인 광고가난 곳이면 찾아가서 이력서를 내밀었습니다. 그가 찾는 일자리는 쉽사리 나타나지 않을 것 같아 다소 실망감도 들었지만 그럴수록 더 한층 용기를 내었습니다.

그러던 어느 날 연락이 왔습니다. 비록 저녁에 경비를 보는일이지만, 그저 일자리를 얻었다는 것만으로도 다행스러운 일이라고 기뻐하였습니다. 그만큼 일자리를 구한다는 것이 힘들었기 때문입니다.

출근을 하는 남편에게 아내가 말했습니다.

"여보, 힘내. 당신에겐 미림이와 내가 있잖아."

그는 아내의 말을 듣고 고개를 끄덕이고는 힘차게 출근하였습니다. 멀어져 가는 남편의 뒷모습을 바라보는 아내의 눈에는 물기가 촉촉이 배어 있었습니다.

일주일 후 아내는 형편이 나아질 때까지 자신도 무슨 일이든 해야겠다고 결심하고 남편에게 자신의 계획을 이야기했습니다.

"당신 꼭 그렇게 해야겠어?"

아내의 말을 듣고 그가 말했습니다.

"응. 당신이 원하는 직장 잡을 때까지만 해볼게."

"많이 힘들 텐데……."

"괜찮아. 젊어서 고생은 사서도 한다는데 뭐. 나 여태껏 편하게 살아왔잖아. 그러니 이럴 때 내 힘이라도 보태고 싶어. 그러니까, 당신이 좀 이해해줘."

고생을 자처하고 나서는 아내가 너무나 안쓰러웠지만 그녀의 뜻을 존중해 주기로 했습니다. 어차피 자신이 제대로 된 직장만 구하면 그만둘 거니까, 하고 생각하니 착잡하던 마음이 조금은 가벼워졌습니다.

"그래, 그럼 한번 해봐. 그러나 내가 원하는 직장을 얻을 때까지만이야."

"응, 그럴게……. 고마워 여보."

아내는 이렇게 말하며 살며시 미소를 지었습니다.

"고맙긴. 내가 고맙고 미안하지……."

"사랑해 여보."

"나도……."

다음 날부터 그의 아내는 일자리를 구하러 다녔습니다. 일자리를 구하러 다닌 지 나흘 만에 드디어 일자리를 구했습니다. 그리고 그녀는 아이를 친정에 맡기고 공장에 나갔습니다. 남편은 저녁에 일을 나가고, 아내는 아침에 나가서 오후 6시에 일이 끝나기 때문에 두 사람은 일요일이나 휴일 외에는 거의 만날 시간이 없었습니다.

어느 날 아내가 일을 나가고 잠자리에서 일어난 남편은 아침밥을 먹으려다가 쪽지를 발견했습니다. 그는 얼른 쪽지를 펴보았습니다. 그 쪽지에는 아내가 정성스럽게 쓴 글씨가 단정하게 적혀 있었습니다.

미림 아빠, 상 차려놨으니 국만 데워 식사해.

피곤하게 일하고 온 당신한테 잘해주지 못해 정말 미안해. 하지만 우리 조금만 참기로 해. 그러다 보면 전보다 더 나은 미래가 우리를 찾아올 거야. 난 그걸 믿어. 왜냐하면 우린 부부잖아. 부부는 어떤 어려움도 함께 노력해서 극복하고, 서로에 대한 믿음과 책임을 다할 의무가 있잖아. 이 세상이 다 변한다고 해도 난 당신을 믿어. 당신은 소중한 내 사람이니까.

미림 아빠, 사랑해.

편지를 읽던 남편의 눈엔 눈물이 고였고 볼을 타고 흘러내렸습니다. 그 또한 자신을 믿어주는 아내가 너무도 고마워 출근하며 아내에게 편지를 써서 식탁에 두었습니다. 그리고 아내가 퇴근하고 와서 먹을 수 있게 저녁상을 차려놓았습니다.

공장 일을 마치고 집으로 돌아온 아내는 자신을 위해 상을 차려놓고 출근한 남편이 너무 고마웠습니다. 그리고 상 위에 놓여 있는 남편의 편지를 읽어 내려갔습니다.

여보, 상 차려놨으니 맛있게 저녁 먹어.

그리고 못난 나를 끝까지 믿어줘서 고마워.

나에게 당신이 없었다면 나는 더 많이 방황했을 거야. 하지만 당신이 있기에 나는 절망의 바다를 건널 수 있었어.

내가 가장 감사하게 여기는 것은, 당신이 내 곁에서 늘 함께한다는 사실이야. 그러고 보면 난 참 복이 많은 사람이야. 당신처럼 좋은 사람을 만날 수 있었으니까.

지금에서야 하는 고백인데…… 당신을 만난 것이 내게 가장 보람 있는 일인 동시에 내 생애에서 두 번 다시 오지 않을 큰 행운이라 여기며 감사해하고 있어. 당신은 나의 영원한 사랑임을 절대 잊지 않을게.

여보, 사랑해.

남편의 편지를 읽고 난 아내의 눈에서는 뜨거운 눈물이 흘렀습니다. 그녀의 눈에서 흘러내리는 눈물은 새벽 꽃잎에 매달려 있는 이슬보다도 해맑고 영롱했습니다.

아내는 마음속으로 가만히 중얼거렸습니다.

'미림 아빠, 당신만이 내 사랑이야. 언제나 그 언제까지나……. 미림 아빠, 사랑해!'

그리고 몇 년의 세월이 흘렀습니다. 남편은 자신이 원하는 직장을 구해 열심히 일한 끝에 팀장이 되어 행복한 생활을 하고 있습니다. 비에 젖은 땅이 더욱 단단히 굳는다는 말이 있듯 지난날 어려웠던 때를 생각하면 그 어떤 어려움도 다 이겨낼 수 있었습니다. 그래서 웬만히 어려운 일엔 눈 하나 까딱하지 않고 일을 처리해 직장에선 '람보'라는 별명까지 얻었습니다.

그의 아내는 자신의 자아계발을 위해 이곳저곳에서 하는 강좌를 들으며 열심히 살고 있습니다. 그리고 자신의 현실에 만족하며 욕심내지 않고 매사에 감사하며 생활하고 있습니다. 그녀 역시 지난날의 시련이 인생의 큰 공부가 되었던 것입니다.

"여보, 나 오늘 일찍 들어갈 테니 맛있는 두부찌개 부탁해."

"알았어. 맛있게 끓여놓을게. 이따 봐."

"오케이, 나의 사모님……."

"뭐야, 사모님? 호호호, 알았어. 나의 돌쇠야."

"뭐라고? 돌쇠라고, 내가? 하하하……."

"호호호……."

그들의 웃음소리는 전화선을 타고 서로의 가슴에 한 송이 향기로운 꽃을 활짝 피웠습니다.

• • •

사랑은 모든 것을 가능하게 한다

사랑 앞에 불가능은 없습니다. 불치병에 걸린 사람도 사랑을 듬뿍 받으면 병을 떨치고 일어나고 실의에 처한 사람도 사랑하는 이의 꾸준한 보살핌과 사랑을 받으면 자리를 툭툭 털고 일어나 재기를 꿈꾸며 앞을 향해 나아갑니다. 사랑에는 모든 것을 가능하게 하고 인간의 계산법으로는 풀 수 없는 마법이 있기 때문입니다. 우리 주변엔 사랑의 마법으로 재기에 성공한 사람들이 많이 있음을 볼 수 있습니다.

사랑의 마법! 사랑의 마법은 사랑이 있어야 풀 수 있습니다. 사랑 없이는 그 어떤 경우에도 사랑이 품고 있는 1% 비밀을 알지 못합니다. 그 1%의 비밀은 사랑함으로써만 풀 수 있습니다. 당신에게 주어진 사랑의 마법을 반드시 풀기 바랍니다. 그래서 남들보다 더 따스하고 풍요로운 인생을 보내길 바랍니다.

사랑이 품고 있는 1%의 비밀을 아는 지혜

사랑은 불가능을 가능하게 하고 그 어떤 것 앞에서도 두려움 없이 당당히 맞서게 하여 반드시 승리로 이끈다는 사실을 당신의 삶에 적용시키십시오.

주는 사랑이 값진 것입니다. 누군가에게 무엇을 준다는 것은 자신의 소유를 나누는 행위입니다. 만약 당신이 잘되고 싶다면 당신의 것을 아까워하지 말고 베풀기 바랍니다. 베푼 만큼 반드시 돌아오는 게 사랑의 비밀입니다.

사랑은 가슴에만 담고 있으면 아무 소용이 없습니다. 가슴속에서 꺼내 이곳저곳에 뿌려 싹을 틔우고 튼튼히 자라게 해야 합니다. 그래서 그 사랑으로 사람들에게 희망을 주는 것입니다. 그 사랑이 더 많은 희망으로 당신에게 되돌아온다는 사실을 기억하십시오.

사랑만이 해낼 수 있는 위대한 진실

사랑 앞에 국경은 없다

사랑은 인종도, 언어도, 피부색도 하나로 만듭니다. 사랑 앞엔 국경도 국력도 없습니다. 사랑은 그 모든 것을 초월하는 마력을 지녔습니다. 세계화를 부르짖는 지금 많은 이들이 국경을 뛰어넘는 아름다운 사랑 앞에 자신의 인생을 스케치하며 살고 있습니다. 사랑은 '느낌의 언어'며 감정의 교류를 통한 '영혼의 시'입니다.

오래전에 읽은 하구원의 자전적 소설《소리 소리 소리》란 책을 지금도 잊을 수 없습니다. 태평양 전쟁 당시 일본의 총알받이로 끌려간 가난한 나라의 청년이었던 저자가 생명을 위협하는 숱한 고비를 겪는 가운데 러시아(구 소련)의 여성인 나르시

냐와 목숨을 건 사랑을 합니다.

내가 이 책에서 깊은 감동을 받았던 것은 자신이 사랑하는 남자에 대한 나르시냐의 헌신적인 사랑입니다. 당시 적군 포로와의 사랑은 금기였고, 발각되면 처벌을 피할 수 없었습니다. 그럼에도 그녀는 자신의 모든 것을 걸고 사랑을 위해 최선을 다합니다. 비밀경찰의 날카로운 눈을 피해 나누는 사랑은 책을 읽는 내내 내 가슴을 촉촉한 감동의 물결로 요동치게 했습니다.

전쟁이 끝나고 포로 교환의 일환으로 일본인으로 위장하여 조국으로 돌아온 하구원과 사랑의 결실인 아이를 둘러업고 사랑하는 남자를 잊지 못해 하바롭스크까지 찾아온 금발의 여인 나르시냐의 눈물겨운 사랑은 끝내 나를 울리고 말았습니다. 읽은 지 30년이 넘은 지금도 나는 그들의 사랑이 너무도 슬프도록 아름다워 그 감동을 잊을 수 없습니다.

차가운 국경도 녹여버린 그 열정적 헌신적인 사랑은 오랫동안 내 마음의 숲을 떠나지 못할 것입니다.

감동을 주지 못하면 사랑이 아니다

감동이 없는 사랑은 사랑이 아닙니다. 현대는 자유분방한 사고와 개성으로 하룻밤 사랑도 기꺼이 즐기고, 만나고 헤어지는 것을 책장 넘기는 것보다 더 쉽게 생각합니다. 이런 것은 사랑이 아니라 성적 유희를 위한 가면적 사랑이지요. 그러다 보니 사랑의 가치관이 형편없이 추락하고 구겨진 신문지 조각처럼 너덜거립니다. 사랑의 본질이 훼손되고 그에 따라 인간성까지도 말살되는 결과를 낳고 있습니다. 사랑의 본질이 깨져버리고 훼손된다는 것은 위험한 삶이 도래한다는 것을 의미한다고 하겠습니다.

사랑은 좋은 것입니다. 사랑은 달콤하고 매혹적이며 감동적이고 유한한 것이며 모두가 바라고 원하는 것들의 실상입니다. 그런데도 사랑을 함부로 여기는 것은 자신의 인생을 보잘것없는 존재로 만들어 버리는 것입니다. 이런 어리석음을 범하지 않는 인생이 진정 아름다운 인생입니다.

국경을 초월한 사랑은 어제 오늘의 일이 아니지만 너무도 아름다운 사랑이 있습니다. 한국인 남편 이진기 씨와 일본인 아내 미야자키 히사미.

그들이 부부로 맺어지게 된 것은 먼저 한국으로 시집온 아내의 친구 덕분이었습니다. 미야자키 히사미는 친구의 소개로 시골에서 농사를 짓는 노총각 이진기 씨를 만났습니다. 그들은 첫

눈에 서로에게 빠져버렸습니다. 그러고는 1년이 넘도록 수십 통의 편지를 주고받으며 사랑을 키웠습니다. 그리고 직접 서로 오가며 사랑을 확인했습니다. 그들은 더 이상 결혼을 미룰 수가 없었습니다. 간절한 그리움을 더 이상 견딜 수 없었던 것입니다. 그들은 주변 사람들의 열렬한 박수를 받으며 결혼식을 올렸습니다.

두 사람은 말 그대로 천생연분이었습니다.

일본의 자동차 회사에서 사무를 보던 일본인 여성에게 한국에서의 농촌 생활은 쉽지 않은 선택임에도 그녀는 사랑을 택했던 것입니다. 언어가 익숙지 않은 것은 물론 생활풍습이나 관습도 전혀 모르는 그녀에게 낯선 곳에서의 삶은 어려움의 연속이었습니다.

그러나 남편의 극진한 사랑과 시부모님의 따뜻한 보살핌으로 어려움을 이겨냈습니다. 하지만 그렇다고 해서 고국과 고향 식구들에게 대한 그리움까지 지울 수는 없었습니다. 너무 힘들어 한쪽 구석에 쪼그리고 앉아 눈물지을 때면 어떻게 알고 왔는지 그녀의 곁에는 남편이 있었습니다.

"여보, 울고 싶으면 참지 말고 울어요. 울고 나면 마음이 후련해질 거야. 그렇지만 너무 슬프게는 울지 마요. 그러면 내 마음이 너무 아프니까……."

그의 아내는 울다가도 남편의 이 한마디면 더 이상 눈물을 보이지 않았습니다. 자신을 끔찍이도 위해주는 남편의 마음이 아프다는데 그것은 사랑하는 남편에게 너무도 미안한 일이기 때문이었습니다.

"미, 미안해요. 아, 안 울게요."

아내는 이렇게 말하며 엷은 미소를 짓곤 했습니다.

"아니에요. 울고 싶을 땐 울어요. 그래야 내가 덜 미안하니까요."

"미, 미안해요."

"또 미안하다고 그런다. 그만 미안해해요."

"저, 정말 미, 미안한데……."

"하하하, 그래요? 하하하……."

남편은 아내가 너무 예뻐 너털웃음을 지었습니다. 아내도 따라서 깔깔대며 웃었습니다.

말도 다르고 관습도 다르고 생활풍습도 서로 달랐지만 사랑하는 마음만큼은 그 누구에게도 절대 뒤지지 않았습니다.

그들은 많은 시행착오를 겪었지만 그것을 극복하기 위해 노력했고, 그만큼 부부 사랑이 더 깊어졌습니다. 그러는 동안 은별이와 은솔이, 막내인 은비가 태어났습니다. 아이들은 무럭무럭 건강하게 잘 자랐고, 어느 가족보다도 행복했습니다.

그런데 전혀 생각지 못했던 불행한 일이 벌어졌습니다. 어느 날 일을 마치고 집에 돌아온 남편이 갑자기 쓰러진 것입니다.

"여, 여보! 무, 무슨 이, 일이에요! 어디 아파요?"

그의 아내는 너무도 갑작스런 상황에 당황해 더듬거리며 말했습니다.

"……."

그는 아내의 말에 아무런 말도 못 한 채 끙끙 앓았습니다. 힘든 농사일에 몸살이 난 줄로만 앓았는데 그게 아니었습니다. 복통과 고열에 시달렸고, 구토까지 하며 괴로워했습니다. 남편은 서울 큰 병원으로 실려가 정밀검사를 받았습니다.

"뇌수막염입니다."

의사는 남편의 병명을 말하며 좀 더 두고 보자고 했습니다. 아내의 얼굴은 흙빛으로 변했습니다. 뇌수막염은 뇌의 수막의 최내층인 연막에 급성염증을 일으키는 것으로 매우 위험한 병입니다. 열은 40도까지 치솟았고, 한 달 넘게 의식을 잃은 채 병에 시달렸습니다. 온갖 처방을 다 써보았지만 불행히도 그는 보지도 듣지도 못하는 처지가 되었습니다.

"어떻게 이, 이런 일이 이, 있을 수 있어요. 다, 당신같이 착한 사람에게…… . 미, 믿을 수가 없어요."

그의 아내는 절규하며 눈물을 흘렸습니다. 노부모님들도 가슴을 치며 통탄했습니다. 그에게 닥친 현실은 아주 냉혹했습니다.

그에겐 하루하루가 절망이었습니다. 아무리 생각하고 또 생

각해 봐도 이건 말도 안 되는 일이었습니다. 그는 벽을 치며 몸부림에 젖어 아내와 가족들을 슬프게 했습니다. 그 모습을 지켜보던 아내는 슬픔을 삭이며 절망에 빠진 남편을 따뜻하게 위로하며 용기와 희망을 주었습니다. 그리고 자신에게 다짐하였습니다.

'그래, 이것이 나에게 주어진 운명이라면 피하지 말자. 오히려 당당하게 물리치자. 이것이 나에게 주어진 인생의 과업이라고 여기자. 좋아, 하는 거야. 내가 쓰러지는 한이 있더라도 내 남

편을 위해, 자식들을 위해, 시부모님을 위해 해보는 거야.'

그 뒤로는 절대로 눈물을 보이지 않았습니다. 지금의 현실을 슬퍼하고 좌절하기엔 인생이 너무 참담할 것만 같았습니다. 이렇게 결심한 그녀는 남편을 대신해서 가장이 되었습니다.

혼자서는 아무것도 할 수 없는 남편을 시중들고 시부모님 공경에 세 아이를 키우며, 남편이 일구던 느타리버섯 농장을 자신이 할 수 있을 만큼만 규모를 줄여 가꾸고 돌봤습니다.

"참 딱하기도 하지, 어떻게 그 일을 다 감당할 거야?"

"내가 남편을 너무 좋아해서 결혼한 건데요. 아프니까 더 아끼고 사랑해 줘야지요."

"그래도 그렇지 그게 어디 보통 일인가?"

"아무리 힘든 일이라도 전 최선을 다할 거예요."

"아이고 착하기도 하지. 어쩜 저리도 마음이 비단결 같을까."

그녀의 처지를 안타까워하는 이웃 사람들이 이렇게 말하면 그녀는 아무렇지도 않게 웃으며 말했습니다.

그러나 여자 혼자 힘으로 대식구를 거둔다는 것은 너무도 힘들고 고통스러운 일이었습니다. 남편이 1급 장애인이 되어 한 달에 100만 원 정도 군청에서 생활보조금이 나왔지만, 그것 가지고 일곱 식구를 거두기에는 역부족이었습니다.

설상가상으로 일본에서 홀로 지내던 친정아버지가 뇌종양으로 쓰러졌다는 기별이 왔지만 외동딸인 그녀는 남편과 시부모님, 아이들을 두고 일본으로 갈 수가 없었습니다. 고민 끝에 그녀는 일본에서 친정아버지를 모셔왔습니다. 그녀의 일과는 한층 더 분주해졌습니다. 모두가 그녀의 손을 거치지 않으면 안 될 사람들이었습니다. 몸이 두세 개라도 모자랄 지경이었습니다.

그녀는 묵묵히 그 힘들고 험한 일을 억척스럽게 해냈습니다. 친정아버지는 그녀의 보살핌을 받으며 지내다 한국에 온 지 다섯 달 만에 편안한 여생을 마칠 수 있었습니다.

"진기 색시는 참 대단한 사람이야. 요즘 여자들은 그 처지가 되면 나 몰라라 하고 집을 뛰쳐나가기 십상인데, 어쩌면 저리도 마음이 곱고 착할까."

"그러게 말이야. 그러고 보면 진기가 복이 참 많은 거야."

"그럼, 그렇고말고. 지금도 그렇지만 앞으로는 더욱 복 받고 잘 살 거야."

마을 사람들은 너도나도 이구동성으로 그녀를 칭찬했습니다.

그녀의 노력으로 그의 가정은 어느 정도 안정되었고, 그런대로 지낼 수 있게 되었습니다. 이러한 미야자키 히사미의 선행이 알려지면서 그녀는 지역농협의 추천으로 제12회 농협효행상 수상자로 결정되어 수상의 기쁨을 누렸습니다.

그녀는 상금으로 남편이 편히 움직이며 생활할 수 있는 시설을 집에 갖추고 싶다고 말했습니다. 이렇게 말하며 기쁘게 웃는 그녀의 모습에선 불행의 그림자라고는 티끌 하나 찾아볼 수 없었습니다. 행복한 사람에게서나 볼 수 있는 참으로 평안한 모습이었습니다.

그녀는 하나에서 열까지 그저 남편뿐이었습니다. 이 소식을 듣고 남편은 그녀에게 축하한다며 손바닥에 글씨를 써주었습니다. 그리고 계속해서 손바닥 글씨를 썼습니다.

"여보, 정말 고마워."

"뭐가요?"

"당신이 내 아내라는 게……."

"난 또 뭐라고……. 우린 서로 사랑하는 사람들이잖아요."

"그렇지. 그렇지만 사랑한다고 다 당신 같을까."

"남들도 다 그렇겠지요."

"아냐. 그렇지 않아. 당신은 아주 특별한 사람이야."

"특별한 사람? 어떻게요?"

"날 위해서 하늘이 보내준 아주 특별한 사람……."

"어머, 그렇게나 내가 특별한 사람일까요?"

"물론이지. 정말이지, 난 참 복이 많은 사람이야……. 당신 같은 사람을 내 여자로 맞을 수 있었다니……. 이는 하늘의 축복이 아니면 있을 수 없는 일이야."

"여보, 이제 그만해요. 당연한 걸 갖고 뭘 그래요."

"여보, 고마워……. 진심이야. 내 일평생 당신에게 고마워하며 살게……."

"나도 고마워요. 당신을 사랑할 수 있어서……."

이들 부부는 나라도 다르고 말도 다르고 관습이며 생활습관마저 다른 사람들이었지만 그런 장벽을 뛰어넘어 참사랑의 의미를 새롭게 보여주었습니다.

수상 후에도 그들의 삶은 크게 변하지 않았지만 두 사람은 서로를 더욱 존중하고 아끼고 사랑하며 하루하루를 행복하게 살고 있습니다. 그들의 소망은 욕심 부리지 않고 주어진 환경에서 최선을 다해 사는 것이라고 합니다. 오늘도 그들 부부의 뜰엔 맑은 햇살이 금가루를 뿌려대며 한껏 빛을 발하고 있습니다.

●　　●　　●

사랑은 실천이다

실천하지 않는 사랑은 사랑이 아닙니다. 말로만 하는 사랑, 머리로만 하는 사랑은 사랑이 아니라 실천적 사랑에 대한 모독입니다. 뜨거운 가슴으로 행동하고 감동을 주는 사랑이야말로 사랑을 위한 사랑입니다. 이에 대해 프리드리히 제어라인은 말하기를 "성실히 사랑하며 조용히 침묵하라! 성실한 사랑은 많은 말을 필요치 않는다."라고 했습니다.

그렇습니다. 사랑은 말이 아니라 꾸준히 실천하는 가운데 더욱 돈독해지는 것입니다. 미야자키 히사미가 한국인 남편에게 보여준 사랑은 사랑의 극치를 넘어선, 세상에서 보기 드문 사랑입니다. 자신을 던져 한 사람을 사랑한다는 것은 아무나 못 하는 사랑입니다. 그것은 사랑의 가치를 진정으로 터득한 사람만이 할 수 있는 거룩하고 숭고한 사랑인 것입니다. 사랑 앞에 좀 더 겸손하고 진정성 있는 자세를 견지해 나가야 하겠습니다.

감동을 주는 사랑의 지혜

당신이 사랑하는 이가 지금 무엇을 원하는지를 빨리 알아내어 그것을 실행하십시오. 사람은 누구나 자신이 필요로 하는 것을 알아서 해주는 사람에게 더 깊은 관심을 보이는 법입니다.

사랑하는 사람과 경쟁에서 이기려고 아득바득 굴지 마십시오. 그런 사람에겐 더 이상 마음을 두지 않으려고 한다는 사실을 기억하기 바랍니다. 당신이 져주십시오. 그런 당신에게 더 깊은 애정을 보일 것입니다.

감동 없는 사랑은 사랑이 아닙니다. 말로 하는 사랑, 머리로 하는 사랑은 사랑이 아닙니다. 뜨거운 가슴으로 실천하는 사랑이야말로 감동을 주는 사랑입니다. 실천적 사랑! 그런 사랑을 하십시오.

가난을 부끄러워하지 말고 사랑이 없음을 부끄러워하라

사랑은 믿음으로 더욱 견고해진다

사랑은 믿음으로 더욱 견고해집니다. 서로에 대한 믿음이 더욱 굳건한 사랑을 만듭니다. 그런데 서로를 믿지 못한다면 아름다운 사랑을 기대할 수 없습니다.

뿌리가 튼튼한 나무는 비바람에 쓰러지지 않습니다. 튼튼한 뿌리가 땅을 꽉 움켜쥐고 있는 한 나무는 안심하고 잎을 피우고 줄기와 가지를 뻗어내려 많은 열매를 키워냅니다. 뿌리는 나무에게 있어 든든한 믿음을 줍니다. 뿌리는 나무가 필요로 하는 물을 수관을 통해 공급하고 체관을 통해 영양분을 공급해 줍니다.

그러나 뿌리가 부실한 나무는 웬만한 바람에도 그만 쓰러지고 맙니다. 뿌리가 나무에게 믿음이듯이 사랑은 인간과 인간 사이에 있어 믿음을 견고하게 해줍니다.

믿음을 주는 사랑!

사랑하는 이에게 믿음을 주는 사랑을 하십시오. 믿음을 주는 사랑은 뿌리가 튼실한 나무처럼 당신의 사랑을 더욱 견고하게 해줄 것입니다.

가난 앞에서도 굳건한 사랑이 진짜 사랑이다

현대 사회에서는 물질의 가치를 매우 높이 평가합니다. 아무리 사랑이 좋다고 해도 물질이 빈약하면 그 사랑은 언제 깨질지 모르는 사기 접시와 같습니다. 마치 바람 앞에 등불처럼 위태로운 게 사실입니다.

요즘 젊은 부부나 커플들을 보면 '물질은 물질, 사랑은 사랑'이라는 이분법적인 논리를 적용시키는 것 같습니다. 이 말은 사랑은 하지만 그것은 어디까지나 본능적인 욕구의 해결책의 일환이라고 여기는 것 같습니다. 그리고 물질의 가치를 소중히 여깁니다. 가난하면 사랑하기도 힘든 게 요즘 사회입니다. 내면적으로 아무리 출중한 인격을 갖추었다고 해도 물질이 없으면 그 사람의 사회적 가치는 가차 없이 하향곡선을 그리며 떨어집니다. 매우 안타까운 현상이 아닐 수 없습니다.

그렇다고 해서 그런 생각에 노출된 사람들의 마음을 바로잡기란 무척 어려운 것이 현실입니다. 하지만 느끼도록 하십시오. 물질을 앞에 두지 말고 사랑만을 위한 사랑을 해보십시오. 물질을 사랑 뒤에 놓는 사랑, 그런 사랑이 필요한 시절입니다.

어느 부부가 있었습니다.

이 부부는 부모의 반대를 무릅쓰고 둘만의 아름다운 사랑을 만들었습니다. 남편은 대학교 졸업반이었고 아내의 배 속엔 아기가 자라고 있었습니다. 그들이 가진 것이라고는 이불 한 채, 둘만의 밥그릇 등 소꿉장난 같은 살림살이와 남편의 책이 고작이었습니다. 방은 얼마간의 보증금을 내고 월세로 살아야 했고 수중에는 단돈 몇 푼이 있었지만 그들은 함께한다는 것만으로도 행복했습니다.

과외가 금지되어 있던 시절이라 아내는 과외 아르바이트를 할 수도 없어 동네 아주머니에게 부탁해서 집에서 액세서리 꽃을 만드는 부업을 했습니다.

남편은 할 일을 찾으러 이곳저곳을 이 잡듯이 헤매고 다녔지만 학생 신분으로 할 수 있는 일이 그리 흔하지 않았습니다. 그러다 보니 그나마 조금 가지고 있던 돈도 다 떨어지게 되었고

하루하루가 그저 막막하기만 했습니다. 그렇지만 그들 부부는
미소를 잃지 않았습니다.

사랑은 이토록 그들에게 큰 힘이 되었고 둘을 강하게 묶어주
는 행복의 끈이었습니다. 그러나 아무리 사랑이 절대적이라고
해도 현실은 아주 냉혹했습니다. 사랑만 갖고는 밥을 먹을 수
없습니다. 사랑이 이상이라면 밥은 현실이었습니다. 배가 고프
면 사랑도, 낭만도, 이해도, 배려도 점점 식어가는 법입니다.

날이 갈수록 쌀독은 비어가고 그야말로 그들에게 보이는 것
은 절망의 그림자뿐이었습니다.

"자기야, 미안해. 가진 돈도 다 떨어져 가는데 마땅한 일자리
도 못 찾고……."

남편은 고개를 떨군 채 풀죽은 목소리로 말했습니다.

"무슨 그런 말이 있어. 난 괜찮으니까 너무 조급하게 생각하
지 마. 다 잘될 거야."

아내는 남편의 손을 꼭 잡고 미소 지으며 용기를 주었습니다.

"고마워. 그렇게 말해줘서……. 조금만 참아. 내가 꼭 일자리
를 구해 볼게."

남편은 풀이 죽었던 조금 전과는 달리 애써 웃음 지으며 말했
습니다.

"그래 자기야. 난 자기를 믿어."

그들 부부는 서로를 위로하며 격려해주었습니다.

다음 날 남편은 시내를 누비며 이력서를 뿌리고 다녔습니다. 그는 성격상 사무직을 원했으나 사무직은 한정되어 있었고 영업직만 눈에 띄었습니다. 그는 모든 것이 마음먹은 대로 되지 않자 점점 용기를 잃어갔습니다.

'현실은 나에게 왜 이토록 잔인할까. 이 도시에서 내가 할 수 있는 일이 그렇게도 없단 말인가. 내가 이런 존재밖에 안 된단 말인가……'

그는 도시 한복판 고층빌딩 벽에 기댄 채 생각에 잠겼습니다. 아무리 생각해 봐도 지금으로서는 별 뾰족한 수가 없을 것만 같았습니다. 그는 거듭된 생각 끝에 영업직이라도 해볼 요량으로 이력서를 들고 또 이곳저곳을 누비고 다녔습니다. 다리도 아프고 힘도 들었지만 밝은 내일을 위해 묵묵히 참아냈습니다.

아침도 밥 한 공기로 둘이 나누어 먹은 터여서 몹시 배가 고팠습니다. 물론 그의 수중에는 자장면 값과 차비가 있었지만 돈을 아끼느라 점심을 굶었습니다. 게다가 집에서 아무것도 먹지 못하고 혼자 있을 아내를 생각하니 도저히 점심을 사 먹을 수가 없었습니다.

어느새 도시에는 어둠이 도둑고양이처럼 슬금슬금 밀려들었고 여기저기선 어둠을 밝히는 환한 불빛들이 하나둘씩 수를 놓듯 피어올랐습니다.

그는 어둠이 밀려오는 저녁이 되면 더욱 심란한 마음에 휩싸였습니다. 어둠은 그를 답답하고 숨 막히게 했습니다. 그가 아픈 다리를 이끌고 집으로 돌아오자 아내는 그를 반갑게 맞아주었습니다.

"어서 와, 자기야. 힘들었지? 빨리 씻고 저녁 먹어."

"응. 자기 배고프겠구나?"

"아냐. 어서 씻고 와."

"알았어."

그가 씻고 방으로 들어오자 저녁상이 차려져 있었습니다. 상에는 맛있게 양념된 가자미가 놓여 있었습니다.

"웬 가자미?"

"으응, 저 옆방 아주머니가 주었어."

"옆방 아주머니가? 고맙네. 이런 걸 다 나누어주다니……."

그는 몹시 배가 고팠던 참이라 정신없이 밥을 먹었습니다. 그런데 아내가 가자미에는 손을 대지 않았습니다.

"자기는 왜 안 먹어?"

"으응, 아까 옆방 아주머니랑 많이 먹었어. 내 걱정 말고 자기나 많이 먹어."

그의 말에 아내는 웃으며 말했습니다. 그러자 남편은 아내 밥그릇 위에다 가자미를 올려주며 말했습니다.

"아까는 아까고. 자, 어서 먹어."

"나는 괜찮은데……."

"그게 무슨 말이야? 다 똑같은 입인데. 자, 어서 먹어."

"알았어. 먹을게."

아내는 엷은 미소를 지으며 맛있게 가자미를 먹었습니다. 남편은 그런 아내를 보자 가슴이 미어져 눈물이 나오려는 것을 억지로 참으며 자기 밥그릇에 있던 가자미를 그녀에게 건네주었습니다. 자신을 위해 먹고 싶은 걸 참았던 아내를 생각하니 너무 미안하고 가슴이 아팠던 것입니다.

그는 아내를 위해 가자미를 마음껏 먹을 수 있게 해주겠다고 눈물로써 스스로에게 다짐을 하였습니다.

며칠 후 그는 영업사원이지만 출근을 하게 되었습니다. 백과사전을 영업하는 일이었는데 선배를 따라다니며 열심히 노하우를 쌓았습니다. 그리고 그는 한 달 만에 두 질의 백과사전을 팔 수 있었습니다. 그는 열심히 노력하면 영업도 할 수 있는 일이구나 생각하며 열심히 노력한 끝에 차츰 안정된 생활을 할 수가 있게 되었습니다.

그동안 미루어 두었던 공부도 마치고 우수한 성적으로 학교를 졸업하였습니다. 그리고 대기업에 취직해 열심히 일했습니다. 그는 같은 입사 동기들보다 언제나 먼저 승진을 하였습니다.

아파트를 장만하고 자가용도 굴리게 되었고 여유 있는 생활을 하며 남부럽지 않게 살게 되었습니다. 그들 부부 사이에 1남

1녀의 아이도 생겼고 담을 쌓고 지냈던 부모들과도 화해를 하고 지금은 어느 자식들보다도 사랑받는 자식이 되어 행복한 삶을 꾸리고 있습니다.

결혼 10주년이 되어 그들 부부는 둘만의 오붓한 시간을 보내게 되었습니다. 옛일을 회상하며 칵테일을 마시는데 그때 그의 아내가 느닷없이 이렇게 말했습니다.

"나, 자기한테 고백할 게 있는데……."

"고백? 어떤 일로……."

남편은 고백할 것이 있다는 아내의 말에 약간은 놀란 표정을 지으며 말했습니다.

"사실 나, 자기한테 속인 게 있거든. 화, 안 낼 거지?"

"화? 무슨 얘긴데 그래?"

남편은 점점 모를 소리만 하는 아내를 보며 재촉하듯 말했습니다.

"화 안 낸다면 말할게."

"알았어. 화 안 낼 테니까 어서 말해봐."

"약속했어? 자기."

"그래, 약속했어. 그러니 어서 말해."

"저……, 우리 결혼해서 산동네에 살 때 일이거든."

"산동네?"

사랑은 믿음으로 더욱 견고해집니다.
서로에 대한 믿음이 더욱 굳건한 사랑을 만듭니다.

"응. 그때 일인데 자기, 가자미 먹은 거 생각나?"

"그럼, 생각나고말고."

"그때 옆방 아주머니가 주었다는 거, 사실은…… 거짓말이야."

이렇게 말하는 아내의 표정이 갑자기 어두워졌습니다. 그 모습을 놓치지 않고 남편이 말했습니다.

"그래? 그럼 어디서 난 건데?"

"사실은 옆방 아주머니가 쓰레기통에 버린 것을 주운 거야. 너, 너무 생선이 먹고 싶었거든……. 미안해, 자기야. 본의 아니게 속였던 거…….."

아내는 뜨거운 눈물을 주르르 흘렸습니다. 그동안 말은 안 했지만 남편에게 쓰레기통에서 주운 가자미를 먹게 한 것이 살아오는 내내 아내의 가슴에 가시처럼 박혀 있었던 것입니다. 먹으면 안 되는 것을 남편에게 먹였다고 생각했던 것이지요. 아내의 우는 모습을 물끄러미 바라보던 남편은 젖어드는 목소리로 말했습니다.

"……그, 그랬구나. 그랬었구나. 얼마나 먹고 싶었으면 쓰레기통에서 주운 걸 그렇게도 맛있게 먹었을까…….."

남편의 눈에서도 닭똥 같은 눈물이 뚝뚝 흘러내렸습니다. 그들 부부는 한동안 말없이 울기만 했습니다.

배고파서 서러웠던 시절이 떠오르자 목이 메었습니다. 정말이지 지금 생각하면 두 번 다시는 생각하고 싶지 않은 악몽 같은 시절이었습니다.

그런데 아내가 말 못 하고 숨겨야 했던 가자미에 얽힌 일까지 있었다니 남편은 아내가 너무 측은하고 안쓰럽고 미안했습니다.

"미안해할 사람은 자기가 아니고 바로 나야. 그 흔한 생선 하나 사 먹이지 못하고 쓰레기통에 버린 걸 먹게 했다니……. 자기야, 미안해. 정말, 미안해……. 그런 아픔을 간직하고 있는 줄 정말 몰랐어."

말은 마친 남편은 또다시 굵은 눈물을 흘렸습니다. 미안해하며 우는 남편의 손을 꼭 잡으며 아내가 젖은 눈으로 말했습니다.

"자기야, 미안해하지 마. 그동안 자기는 우리 가족을 위해 열심히 일했고, 지금도 그 누구보다도 최선을 다하고 있잖아……. 내가 괜히 말했나 봐. 자기 마음만 아프게. 미안해, 자기야."

"아냐. 얘기 잘해줬어. 나 지금 이 순간부터 자기와 애들을 위해 더 열심히 노력할게. 나, 믿지?"

"그럼. 믿고말고."

"그럼 됐어. 우리, 열심히 행복하게 살자."

"고마워, 자기야."

그들은 서로를 꼭 부둥켜안았습니다.

그들 부부는 지난날 살을 도려내듯이 아픈 삶의 고통을 이겨냈기에 행복한 인생으로 살아가고 있습니다.

마음 저리고 고달픈 나날도 사랑으로 서로 감싸고 인내하면

반드시 좋은 날이 온다는 것을 알게 해준 5월 햇살처럼 밝고 아름다운 이야기입니다.

● ● ●

서로를 좀 더 깊이 들여다보는 센스

사랑은 서로의 마음을 깊이 있게 들여다보는 눈을 필요로 합니다. 서로의 마음을 깊이 있게 본다는 것은 그 사람이 지금 무엇을 원하는지, 기분은 어떠한지를 파악하여 그 사람에게 맞춰줌으로써 둘 사이의 사랑이 보다 원만해지는 것을 말하는데, 이를 사랑의 '센스의 눈'이라고 말합니다. 센스 있는 사랑을 할 수 있다면 그 커플은 보다 더 행복하고 깊이 있는 사랑을 할 수 있습니다.

그런데 그런 사랑의 눈 대신 탐욕의 눈만 갖는다면 어떻게 의미 있고 깊이 있는 사랑을 할 수 있을까요. 당신 스스로를 곰곰이 생각해 보십시오. 당신은 어떤 사랑의 눈을 가졌는지를.

물질을 뛰어넘는 사랑! 그런 사랑이 흔치 않은 시절입니다. 진정으로 당신이 사랑하는 이를 사랑한다면 물질의 높낮이에 결코 흔들리지 않는 당신이기를 바랍니다.

서로를 깊이 들여다보는 센스의 지혜

서로를 깊이 있게 보기 위해서는 깊이 있는 사랑의 눈을 갖기 바랍니다. 사랑의 눈이 깊을 때 사랑하는 이의 마음을 제대로 읽어낼 수 있습니다.

사랑하는 이가 원하는 일이라면 최선을 다해 만족시켜 주십시오. 자신을 위해 최선을 다하는 사람에게 감사하고 자신 역시 감동적인 사랑을 당신에게 선물해줄 것입니다.

서로 부딪히는 일은 가급적이면 줄이도록 하십시오. 안 부딪히고 살 수는 없겠지만 당신이 양보함으로써 그 횟수를 줄이도록 하세요. 그러면 상대방도 그런 당신의 마음을 읽고 그 역시 양보할 것입니다. 그러면 더욱 깊이 있는 사랑을 하게 될 것입니다.

아름다운 운명은 주어지는 것이 아니라 함께 만드는 것이다

아름다운 운명은 어떻게 오는 걸까

아름다운 사랑은 운명적으로 오기도 하지만 자신들이 만들어 가는 것입니다. 아무리 아름답게 만난 사람도 헤어지는 것을 보면 그 사랑을 지키지 못했기 때문이라는 것을 알 수 있습니다. 사랑하게 되면 독점하고 싶고 독점력이 강해지다 보면 집착이 되고 집착이 지나치면 상대방을 간섭하게 되고 끝내는 파경을 맞게 됩니다.

과유불급(過猶不及)이라 했습니다. 지나침은 오히려 부족한 것만 못하다, 라는 이 말의 의미는 그래서 더욱 의미심장하게 다가옵니다. 그런데도 많은 사람은 독점력이 강해져 사랑한다는 이유만으로 상대를 간섭하고 묶어두려고 합니다. 그것이

불행의 불씨가 되는 줄도 모르고.

아름다운 운명을 찾으려고 굳이 애쓰지 마십시오. 아름다운 사랑을 하다 보면 아름다운 운명이 되는 것입니다. 당신은 어떤 사랑을 하는지요. 그리고 아름다운 운명의 주인공이기를 꿈꾸지는 않는지요. 그렇다면 아름다운 사랑을 하십시오. 그러면 당신은 남들이 부러워하는 아름다운 운명의 주인공이 될 수 있습니다.

조건을 걸지 않는 사랑이 진짜 사랑이다

조건을 거는 사랑! 당신은 이에 대해 어떻게 생각하는지요? 조건이 따르는 사랑이 과연 온전한 사랑일까, 라는 생각이 현실감각이 뒤떨어진다고 생각하진 않는지요? 그렇다고요? 네, 그래요. 그런 생각이 들기도 할 겁니다.

그러나 조건을 건다는 것은 어쩐지 순수하지 못하다는 생각이 들기도 합니다. 내가 아는 어떤 사람은 아파트에, 차에, 지

참금까지 싸 짊어지고 결혼을 했습니다. 상대가 이른바 결혼 대상자 1순위 자리에 있는 '사' 자가 붙는 직업을 가졌기 때문이죠.

그런데 문제는 그들 사이가 그리 원만하지 않다는 데 있습니다. 그렇다고 싸움이 잦은 것도 아닌데 말이죠. 이는 정이 없기 때문입니다. 정으로 만나 이룬 결혼과는 달리 삭막함이 깔려 있습니다. 어디 이뿐일까요.

조건으로 맺어진 결혼은 뭐랄까, 물질을 매개로 해서 이룬 것 같아 찜찜한 생각까지 듭니다. 당신은 그렇지 않나요? 물론 생각이 다를 수도 있지요. 앞에 예를 든 경우와 달리 잘 사는 사람도 있으니까요. 그러나 비율적으로 본다면 전자의 경우가 훨씬 많다는 것이 문제입니다. 조건을 거는 사랑은 조건이 파기되면 깨질 수밖에 없기 때문입니다.

조건을 걸지 않는 사랑, 어떤 상황에서도 사랑으로 담담히 받아들일 수 있는 사랑이야말로 진짜 사랑입니다.

그렇습니다. 진실이 오도되지 않는 사랑, 그런 사랑이 점점 그리워집니다.

젊은 부부가 있습니다. 아내는 어린 시절에 소아마비를 앓아 다리가 불편했지만 늘 밝고 건강한 모습으로 주변 사람들에게 좋은 인상을 주었습니다. 비록 그녀는 다리가 불편했지만 마음은 그 누구보다도 긍정적이고 건강했습니다. 그녀는 대학 때 미술을 공부했는데 자신의 전공을 살려 미술학원을 차려 알차게 꾸려나갔습니다.

남편은 신체 건강하고 무척 성실한 사람이었습니다. 그는 다리가 불편한 아내를 너무도 사랑하였고 그녀를 위해 자신의 일까지 포기했습니다. 그는 아내의 학원 차량을 운전하며 아이를 돌보고 가사 일을 도우며 최선을 다해 열심히 살았습니다. 주변 사람들은 그런 남편을 보고 큰 복을 받을 사람이라며 칭찬을 아끼지 않았습니다.

아내는 자신과 행복한 가정을 위해 아낌없는 사랑을 베푸는 남편이 너무도 고마웠고, 남편은 불편한 몸이지만 늘 웃음을 잃지 않고 열심히 살아가는 아내가 자랑스러웠습니다.

그들의 아름다운 사랑은 주변 사람들에게 큰 감동을 주었고 귀감이 되었습니다. 하지만 이들에게도 결혼 전 가슴 아픈 사연이 있었습니다.

"민영아, 고모가 네게 선보자고 하더구나. 농협에 다니는데 얼굴도 예쁘고 마음도 곱고 참 참한 아가씨라고 하더라."

아내와 연애 시절, 직장에서 퇴근하고 온 그에게 어머니가 넌지시 말했습니다.

"선이요? 어머니, 저 결혼할 사람이 있는데요."

그는 결혼할 사람이 있다며 어머니에게 말했습니다.

"그래? 그런데 여태껏 왜 말 안 했니?"

"그러지 않아도 말씀드리려고 하던 참이었어요."

"그랬구나. 그래, 뭐 하는 아가씨야?"

"미술을 공부하고 지금 학원 원장으로 있어요."

"그래? 부모는 다 계시고?"

"네. 아버지는 초등학교 교감 선생님이에요."

"그래. 그럼 언제 한번 보자."

그의 어머니는 깊은 관심을 보이며 언제 한번 보자고 말했습니다.

"네, 그럴게요."

말은 그렇게 했지만 그의 얼굴엔 어두운 그림자가 스쳐 지나 갔습니다. 그녀의 다리가 불편한 걸 알면 어머니가 반대할 것이 불을 보듯 뻔했기 때문입니다. 그러지 않아도 어머니에게 그녀를 어떤 식으로 소개시켜야 하나, 그것이 늘 걱정이었습니다.

그는 말이 나온 이상 더는 망설일 이유가 없었습니다. 매도 먼저 맞는 게 낫다는 말이 있듯 그는 그녀에게 만나자고 연락했습니다. 여느 때처럼 그들은 식사를 하고 즐거운 시간을 보냈습니다. 그리고 그는 자연스럽게 말을 꺼냈습니다.

"은숙아, 우리 어머니가 한번 보자고 하는데……."

"어머니께서 나를?"

그녀는 뜻밖의 말에 약간은 놀란 얼굴을 하며 말했습니다.

"응. 조만간 시간 좀 내."

"……."

그의 말에 은숙은 아무런 말도 할 수 없었습니다. 자신의 처지를 생각하니 도무지 그의 어머니를 뵐 자신이 없었습니다.

"왜, 아무 말도 안 해?"

"어떻게 내가……."

"왜, 자기가 어때서?"

"몰라서 그래?"

"그럼, 그런 각오도 안 하고 날 만나 온 거야?"

"그런 건 아니지만, 막상 만나 뵈어야 한다고 하니까 그렇지."

"너무 걱정하지 마. 다 잘될 거야."

그는 걱정하는 은숙을 달래며 집으로 바래다주었습니다.

약속 장소에 미리 와서 민영의 어머니를 기다리는 은숙은 마치 바늘방석에 앉아 있는 것처럼 안절부절못하였습니다. 자신의 처지를 보고 그의 어머니가 어떻게 나올지 생각하는 것만으로도 마음이 불안했습니다. 당장이라도 이 자리를 벗어나고 싶었습니다.

그녀가 불편한 마음으로 창밖을 바라보고 있는데 민영이 어머니와 함께 들어왔습니다. 그녀는 자리에서 일어나 어정쩡한 자세로 서서 그의 어머니를 맞았습니다.

"처음 뵙겠습니다. 조은숙이라고 합니다."

"그래요? 자, 앉아요."

"네."

은숙은 자리에 앉다가 약간 기우뚱거렸습니다.

"으, 은숙아, 괜찮아?"

민영은 걱정스런 얼굴로 그녀를 부축하며 말했습니다.

"으응, 괜찮아."

짧은 순간이었지만 있는 힘을 다해 서 있었던 그녀에겐 큰 무리가 따랐던 것입니다. 그녀의 얼굴엔 땀방울이 송글송글 맺혔습니다.

"아니, 어디가 불편해요?"

그의 어머니가 의아하다는 표정으로 말했습니다.

"아, 아닙니다. 괜찮습니다."

은숙은 이렇게 말하며 애써 태연한 척했습니다. 그런데 은숙을
넌지시 바라보던 그의 어머니 눈에 그녀의 목발이 띄었습니다.

"다리를 다친 모양이군요? 목발이 있는 걸 보니……."

그의 어머니는 안됐다는 표정으로 말했습니다.

"……."

"어, 어머니 사실은 말씀드리지 못한 게 있습니다."

은숙이 미처 대답을 하지 못하자 그가 나서서 말했습니다.

"그래? 그게 뭔지 말해 보거라."

그의 어머니는 차분한 목소리로 말했지만 어서 빨리 말해보
라는 단호함이 느껴져 그녀는 더욱 긴장하였습니다.

"저, 실은 은숙이가 다리가 좀 불편해요."

"다리가? 어쩐지 다리가 아픈 것 같더라니. 그래 어쩌다……."

"저어 다친 게 아니라 어릴 때 소아마비로……."

"뭐라고? 소아마비를 앓았다고……. 그러면 다리를 못 쓴다
는 말이냐?"

그의 어머니는 내심 놀란 얼굴로 말했습니다.

"네, 어머니. 한쪽 다리가 조금 불편해요. 그러나 다른 불편한
데는 없어요."

"그래······. 그러나 아무리 그래도 그건 좀 그렇구나."

그의 어머니는 조금 전과는 달리 약간은 언짢은 얼굴로 말했습니다.

"어머니, 죄송합니다."

은숙은 고개를 떨군 채 차분하게 말했습니다.

"뭐, 죄송할 건 없고요. 저, 미안하지만 아무래도 난 가봐야겠어요. 애야, 나 먼저 갈 테니 이따 보자."

그의 어머니는 이렇게 말하며 자리에서 벌떡 일어났습니다.

"어, 어머니, 그냥 가시면 어떡해요. 식사라도 하고 가셔야지요."

"식사는 무슨······. 너나 먹고 오너라."

민영은 어머니를 만류했지만 그의 어머니는 뒤도 돌아보지 않고 갔습니다.

"민영 씨, 어떡해? 어머니께서 화가 많이 나셨나 봐."

은숙은 걱정스런 얼굴로 말했습니다. 이런 일이 있으리라고 예상은 했지만 막상 닥치고 보니 마음이 너무 아팠습니다.

"괜찮아. 너무 걱정하지 마. 내가 다 알아서 할게."

민영은 걱정에 잠긴 은숙을 위로했지만 그녀의 얼굴엔 근심의 빛이 저녁노을처럼 번져 있었습니다.

그 일이 있은 후 민영의 어머니는 은숙과의 교제를 단호하게 거부했고, 민영이 이에 팽팽하게 맞서면서 집안 분위기가 시베

리아 벌판같이 싸늘해졌습니다. 은숙은 사이가 좋았던 모자 사이를 자신이 갈라놓은 것에 대해 죄책감이 들어 그에게 헤어지자 요구했습니다. 아들이 어머니와 갈라서는 보기 흉한 모습을 본다는 것은 그녀로서는 감당하기 어려운 일이었습니다.

"무슨 말을 그렇게 해! 이런 일 있을 거란 각오 안 했어?"

헤어지자는 은숙의 말에 흥분한 민영이 큰 소리로 말했습니다. 그의 말에 은숙은 아무 말도 못하고 눈물만 흘렸습니다.

"은숙아, 나만 믿어. 만약 우리 어머니께서 끝까지 반대하면 내가 집을 나올 거야."

"그러지 마. 그건 내가 원하는 게 아니야."

은숙은 단호하게 말했습니다.

"아니, 난 어머니도 중요하지만 너는 내 운명이야. 어떤 일이 있어도 너와 헤어질 수 없어."

"안 돼, 그건. 그건 날 보고 죄를 지으라는 것과 똑같은 말이야."

"안 돼, 니 말은 날 보고 죽으라는 말이야."

"무슨 그런 말이 있어? 나 너무 괴로워. 그러니 우리 헤어지자."

"그럴 수 없어. 절대, 난 못 헤어져! 그러니 두 번 다시 헤어지자는 말 하지 마."

그들은 서로 부둥켜안고 소리 내어 엉엉 울었습니다. 그 후 두 사람의 사랑은 더욱 단단해졌습니다.

1년이 지나고 2년이 지나고 3년이 지나도 그들의 사랑은 변함이 없었습니다. 어떤 상황에서도 그들이 헤어지지 않을 것을 안 그의 어머니는 하루하루 나이만 먹어가는 아들을 그냥 두고 볼 수 없어 그것도 운명이라고 여겨 결혼을 허락하고 말았습니다. 그리고 그들은 많은 하객들의 축복을 받으며 성대한 결혼식을 올렸습니다.

그들은 이 사랑을 얻기 위해 많은 눈물을 흘려야 했습니다. 때론 방황하고 좌절도 했지만 현실로부터 도망치지 않고 당당하게 맞서 싸운 끝에 드디어 사랑의 승리를 일구어 냈습니다.

그들의 사랑은 그 어디에다 내놓아도 결코 뒤지지 않을 만큼 아름답습니다. 사랑이야말로 참으로 값진 인생의 윤활유라는 생각을 하게 합니다. 사랑의 가치가 평가 절하되고 쉽게 만나고 쉽게 헤어지는 요즘, 그들의 사랑은 그래서 더욱 아름답게 느껴집니다.

사랑의 빛이 퇴색하지 않도록 살뜰히 사랑을 키워 가야 합니다. 그래야만 참다운 사랑을 하고 행복을 누리며 살 수 있는 것입니다.

두 사람은 서로 함께해야 함을 하늘로부터 받고 태어난 아름답고 운명적인 사랑이었습니다.

● ● ●

어둠의 길도 함께 가는 사랑

진실로 아름다운 사랑은 어둠의 길도 함께 가는 사랑입니다. 양지만을 좋아가는 사랑을 나쁘다고만 할 순 없지만 그래서는 진정한 사랑의 가치를 알기가 어렵지요. 이 이야기의 민영과 은숙의 사랑이 감동을 주는 것은 은숙에 대한 민영의 사랑이 너무도 지극하고 진솔하기 때문입니다. 자신을 다 바쳐 은숙을 사랑하는 민영의 사랑은 오랜 시간동안 두고두고 내 마음에 감동의 숨결로 남아 있습니다.

사랑보다 그 사람의 조건을 먼저 보는 이율배반적인 사랑은 모두를 슬프게 하고 사랑의 존엄성을 말살하는 비루한 사랑입니다. 어둠의 길도 함께 가는 사랑은 그래서 더욱 사람들을 감동하게 합니다.

진실로 아름다운 사랑을 이루는 지혜

조건으로 이룬 사랑은 조건이 상실되면 깨질 확률이 높습니다. 그러나 사랑만으로 이룬 사랑은 튼실하고 아름다워 어느 상황에서도 결코 흔들리지 않습니다.

아름다운 운명적 사랑은 찾아오기도 하지만 둘이 서로 만들어 가는 사랑입니다. 서로를 위해 헌신하는 사랑이 필요합니다. 자신의 목소리를 조금은 낮추고 상대방의 목소리에 귀 기울이기 바랍니다.

누구라도 아름다운 운명적 사랑의 주인공이길 원할 겁니다. 그렇다면 어둠도 함께 갈 수 있는 사랑이 되어야 합니다. 양지만을 좇는 사랑은 기회주의적 사랑이니까요.

눈부시게 아름다운 인생의 기쁨

가장 축복받은 사랑이란 뭘까

두 사람이 만나 하나의 사랑이 되고 평생 길동무가 되어 살아가는 것처럼 행복한 일은 없습니다. 그것도 90이 넘도록 함께 가는 사랑이라면 더욱 행복하겠지요. 아무리 많은 돈을 벌고 높은 지위에 올랐더라도 사랑하는 이와 헤어지거나 사별하여 오랫동안 함께하지 못한다면 그 사랑을 가장 행복한 사랑이라고 할 수 없지요. 비록 단칸방에서 살아도 다툼 없이 서로를 위해 주며 백수를 누리고 오래오래 함께하는 사랑이 가장 축복받은 사랑의 정형(定型)입니다.

그 언젠가 백발의 노부부가 나란히 산책하는 것을 본 적이 있습니다. 그 모습이 어찌나 정겹고 아름답던지 젊은 나도 그만 질투가 날 정도였습니다. 그들이 하나의 점이 되어 사라질 때까지 한참을 서서 눈을 떼지 못했습니다.

돈은 사는 데 지장을 주지 않을 만큼이면 되고 명예는 있으면 좋지만 없어도 상관없고, 높은 지위는 있어도 그만 없어도 그만입니다. 돈과 명예와 지위가 사랑을 값지게 하는 것은 아닙니다. 하지만 오래오래 함께 가는 사랑은 반드시 필요합니다. 인생에 있어 가장 축복받은 사랑의 정형이니까요.

당신이 있어 참 행복했다는 말, 성공한 인생의 증표

사랑하는 사람에게 "당신이 있어 참 행복했어"라는 말을 듣는 것은 참 기쁘고 즐거운 일입니다. 아무리 재물을 산더미처럼 모았어도 사랑하는 이로부터 당신이 있어 내 인생이 참 행복했다는 말을 듣지 못한다면 그 인생을 성공한 인생이라고 할 수 있을까요?

나는 이에 대해 'No'라고 말할 것입니다. 돈은 사람을 속이고 변해도 참사랑은 변하지 않지요. 변하는 것은 진실이 아닙니다. 변하는 것은 거짓이며 한번 변한 것은 언제든 또 변할 수 있기 때문에 물질, 지위, 명예 그 어떤 것보다도 우위에 있는 것이 변하지 않는 사랑입니다. 삶이 윤택해지려면 경제도, 살림도, 과학도, 의술도, 기술도 지금보다 나은 상황으로 변화해야겠지만 사랑 또한 변함없이 유지되어야 합니다.

당신은 사랑하는 이로부터 어떤 말을 가장 듣고 싶습니까?
"당신이 있어 내 인생이 참 행복해"라는 말이 아닐까요?

그렇습니다. 변하지 않는 사랑만 있으면 그 무엇이 부러울
까요. 실패하지 않는 인생으로 남고 싶다면 온 마음을 다하여
사랑하십시오.

사랑은 참 좋은 인생의 기쁨입니다.

아흔이 넘은 할아버지와 아흔이 다 된 할머니 부부가 있었습
니다. 그들은 고령에도 건강한 모습으로 서로를 위해 아낌없는
사랑과 위안을 주며 행복하게 살았습니다. 70년 세월을 부부로
산다는 것은 흔한 일이 아닙니다. 한쪽이 먼저 세상을 뜨는 일
이 많기 때문입니다. 그러기에 오래도록 함께한다는 것은 인생
에 있어 크나큰 축복입니다.

그들 노부부는 남편이 22살, 아내가 19살 때 부모님의 중매
로 만나 70년의 세월을 살아왔습니다. 부부로 사는 동안 일제 강
점기 혹독했던 세월의 능선을 넘었고, 광복의 기쁨을 맞는 감격
을 누렸으며 동족상잔의 비극인 한국전쟁을 겪기도 했습니다.
뿐만 아니라 4·19혁명과 5·16 쿠데타를 경험했으며 1970년

대의 산업사회 발달로 급변하는 격동의 삶을 겪기도 했습니다.

그들 부부는 우리나라 근대화로부터 현대에 이르는 장구한 세월을 지내오는 동안 한 번도 헤어져 본 적이 없습니다. 언제나 남편 곁엔 아내가 있었고 아내 곁엔 남편이 있었습니다.

"내가 스물두 살 때 저 사람은 꽃보다도 아름답다는 방년 열아홉 살이었어. 그때는 시절이 시절인 만큼 자유롭게 남자와 여자가 만날 수 없었지. 남녀칠세부동석이라는 말이 심심찮게 쓰이던 때라 부모님께서 정해준 처자와 결혼을 했어야 했어. 그러지 않으면 부모님께 대단한 불효가 되는 거거든. 나 역시 저 사람과 혼례를 올리기 전까지는 한 번도 본 적이 없었어. 그래서 그런지 혼례를 올리기 전에 얼마나 궁금하던지 목이 한 뼘은 늘어났다니까. 자, 봐. 내 목이 다른 사람들보다 조금 긴 편인데 저 사람이 너무도 보고 싶어서 매일 목을 길게 빼고 기다리다 보니 이렇게 길어졌다니까. 안 그래, 할멈?"

"원, 영감님두. 그 말은 잊지 않고 꼭 헌다니까. 내가 지금까지 살아오는 동안 저 말을 수천 번은 더 들었을 거요. 영감님은 질리지도 않는가 봐요."

할아버지의 너스레에 할머니는 밉지 않은 눈을 흘기며 말했습니다. 인생고락을 함께하며 긴 세월을 살아온 노부부에게서나 볼 수 있는 달관한 모습이 엿보였습니다.

처음 본 할머니의 모습이 어땠느냐는 말에 할아버지는 신이 나 말했습니다.

"혼례를 치르고 첫날 밤 색시를 봤는데 얼마나 예쁘던지 내가 기절할 뻔했다니까. 난 하늘에서 내려온 천사인 줄 알았어……. 그래서 이게 꿈은 아니겠지, 하며 내 볼을 꼬집어 봤다니까. 그랬더니 볼이 무척 아프더라고. 그래서 야, 이거 꿈이 아니구나 했지. 어쩌나 기분이 좋던지……. 친구들이 침을 질질 흘렸다니까. 허허허……."

할아버지는 그때 일이 생각나는지 주름진 얼굴에 웃음이 흘러넘쳤습니다.

할머니는 그런 할아버지의 모습을 물끄러미 바라보며 계속 "원, 영감님두." 하며 웃음만 흘렸습니다.

할머니에 대한 할아버지의 칭찬이 꼬리에 꼬리를 물고 늘어졌습니다.

"근데, 더 기분이 좋은 건 음식 솜씨가 얼매나 좋은지 못하는 음식이 없었어. 내가 먹고 싶다고 하면 오밤중에도 자다가 일어나 만들어 줬다니까. 요즘 사람들은 언감생심 꿈도 못 꾸는 일이지."

할아버지는 이렇게 말하며 눈을 지그시 감았습니다. 깊이 팬 주름이 인생의 깊은 경륜을 말해주는 듯해 하나도 추하지 않았습니다.

"그리고 우리 할멈은 바느질 솜씨 또한 그만이었어. 우리 어머님께서는 며느리가 지어준 옷을 입고 온 동네를 다니며 며느리 자랑을 늘어지게 하셨지. 그리고 우리 아버님께서도 허허 웃으시며 복덩이가 들어왔구나, 하며 좋아하셨어. 그러고 보면 내가 복이 많은 사람이야. 오늘 죽는다 해도 더는 원이 없어."

할아버지는 진정으로 할머니에게 감사해하였습니다. 그래서 혹시나 해서 지금껏 살아오면서 부부 싸움은 얼마나 했느냐고 물으니 할아버지는 "허허허" 웃으며 말했습니다.

"부부 싸움? 부부 싸움을 왜 해? 길어야 백 년도 안 되는 짧은 인생인데 싸울 시간이 어디 있어? 아껴주며 살 부비고 살기에도 시간은 짧기만 한데. 안 그래, 할멈?"

할아버지는 이번에도 할머니를 바라보며 말했습니다. 그 모습은 영락없이 사랑하는 사람을 바라보는 모습이었습니다.

"어이구, 망측하게스리……. 헌데 우리가 어디 부부 싸움을 한 번도 안 했어요. 툭하면 했지."

"그게 어디 쌈인 감. 장난이제."

"장난은 무슨 장난? 영감님이 장날 한번 나가면 그다음 날에 들어오거나 며칠씩 있다 오지 않았어요. 그래서 내가 뭐라고 하면 아녀자가 남편 하는 일에 이러쿵저러쿵하면 안 된다고 마구 야단을 치고. 난 그게 어찌나 서럽던지 뒤란으로 가서 훌쩍훌쩍 울었지. 내 그때만 생각하면 영감님이 지금도 밉다니까."

할머니는 그때가 생각나는지 이렇게 말하며 눈을 찔끔거렸습니다.

"내가 그랬는가? 난 그런 기억이 없는데……."

"어디 그뿐인가. 어느 땐 노름에 빠져 집을 비우기를 밥 먹듯 했다니까. 바쁜 농사철에 영감님 없이 그 넓은 농토거리에 일꾼들만 데리고 농사를 지으려니 어찌나 섧고 야속하던지……. 그래도 그걸 모르더라니까. 아마 지금 같으면 나 못 살겠으니 혼자 살라고 말하곤 집을 나가버렸을 거야."

할머니는 작정한 듯 할아버지의 지난 세월을 들추어냈습니다.

"허허 내가 그랬나? 내가 그렇게 고약하게 굴었나?"

할아버지는 연신 허허거리며 딴청을 피우듯 말했습니다.

"어휴, 그때 생각하면……. 만일, 지금 그렇게 산다면 두 번 다시는 못 살 것 같아."

할머니는 이번엔 옅은 한숨까지 내쉬며 말했습니다.

"허허, 내가 그랬는가. 난 잘해준 기억만 나는데 할멈은 아닌가 보구려. 허허허……."

"원, 영감님두. 둘러대긴……."

할아버지의 너스레에 할머니도 따라 웃었습니다. 그런데 흥만 보던 할머니가 이번엔 할아버지를 칭찬하기 시작했습니다.

"그런데, 우리 영감님한테 좋은 점이 있어……. 아주 인정이 많아. 내가 무거운 것을 들면 절대 못 들게 했어. 저 멀리서도 내가 무거운 것을 이거나 들고 있는 게 보이면 번개같이 달려와서는 얼른 받아주곤 했지. 남들이 보면 크게 흉이 되던 시절이었는데도 그런 것엔 아랑곳하지 않았으니까. 그리고 집에서 20리나 되는 장에도 같이 가주고 맛있는 음식을 사 주기도 하고, 내가 갖고 싶은 것이 있으면 군말 않고 사 주곤 했지. 그래서 동네 여자들이 날 무척이나 부러워했다니까."

이렇게 말하던 할머니는 지난날이 생각나는지 후후, 하며 웃음을 지었습니다. 할아버지는 지긋하게 눈을 감은 채 할머니 얘기에 귀를 기울였습니다.

잠시 말을 끊었던 할머니가 다시 말을 이었습니다.

"우리 영감님은 남한테도 아주 잘했어. 남들 어려운 사정을 잘 알고는 어려운 일이 있는 마을 사람들을 많이 도와줬어. 내 눈엔 그게 어쩌나 좋아 보이던지……. 좋은 일은 우리 영감님이 다 했는데 칭찬은 내가 들었어. 색시가 집에 잘 들어와서 집이 더 잘된다느니 남편이 더 너그러워졌다느니 하면서 날 칭찬했

지. 남편 덕에 난 좋은 며느리, 좋은 새댁 소리를 원 없이 들었지. 그리고 지금껏 살아오면서 언제나 한결같은 건 날 어린아이처럼 애지중지하며 위해 받친다는 거야. 그건 천성이야. 성격이 그렇게 타고나서 그런 거야. 그러니 내가 어찌 영감님에게 불만이 있겠어. 아까 한 말은 젊었을 때 잠깐이었고, 그 이후론 몇십 배 더 잘해 줬으니까 내겐 참 고마운 분이지."

"원, 할멈두. 그만하구려. 이거 옆에서 듣자니 너무 민망스럽네."

할머니는 진실로 할아버지에게 감사해했고, 애기를 듣던 할아버지는 손을 내저으며 민망하다고 말했습니다.

그런 노부부의 모습엔 기나긴 인생의 여정에 있어 어떤 슬픔도 고통도 애환도 헛됨도 없어 보였습니다.

• • •

눈부시게 아름다운 인생의 기쁨

한 남자가 한 여자를 만나 살아가는 것은 분명 크나큰 행복입니다. 그런데 게다가 무탈하게 두 사람이 장구한 세월 희로애락을 함께하며 끝까지 부부로 남는다는 것은 인생 최고의 승리이자 기쁨입니다.

그들 노부부의 모습에선 성자의 거룩함마저 느껴졌습니다. 게다가 잘사는 자식들에게 신세 안 지고 둘이서 만들어가는 노부부의 소박한 삶이 오히려 풍요롭게 다가왔습니다. 젊은 부부들의 파릇파릇하고 톡톡 튀는 사랑보다 아름다웠고, 장구한 인생의 대서사시를 읽는 것 같은 감동과 더불어 인생의 기쁨을 엿볼 수 있습니다.

아낌없는 마음으로 사랑하며 살아가는 노부부의 모습은 살아 있는 인생 교과서입니다. 자신이 행복하다고 여기는 사람에겐 삶이 언제나 짧게 느껴지겠지만, 자신이 불행하다고 느끼는 사람에겐 삶이 한없이 지루할 것입니다.

행복은 누가 만들어주는 것이 아닌 자신 스스로가 만드는 삶의 향기입니다. 향기로운 인생이 되기 위해서는 모든 것에 있어 참고 견디며 서로 아껴주고 내 몸과 같이 사랑해야 합니다. 그렇게 될 때 노부부처럼 행복한 인생으로 거듭날 수 있는 것입니다.

노부부에게 꿈이 있다면 같은 날 함께 저세상으로 가는 것이라고 합니다. 그런데 나중에 들리는 소리에 두 사람이 한 달 간격으로 하늘나라로 여행을 떠났다고 했습니다.

인생의 기쁨이 무엇인지, 참된 인생의 가치가 무엇인지를 알고 멋진 세상의 소풍을 끝내고 원래의 본향으로 되돌아간 노부부의 향기로운 삶이 우리의 삶을 돌아보게 합니다.

참인생의 기쁨을 얻는 지혜

참인생의 기쁨을 누리려면 사랑하는 이와 생각을 공유하십시오. 남편은 동쪽을 원하는데 아내가 서쪽을 택하면 그 부부는 불완전한 관계에 있는 것입니다. 두 사람이 하나의 마음이 되기 위해서는 둘 중 어느 한쪽이 자신을 양보해야 합니다.

'화성에서 온 남자 금성에서 온 여자'라는 말이 있습니다. 너무도 다른 두 사람의 모습을 비유적으로 표현한 이 말을 보더라도 남녀가 하나의 세계로 일치한다는 것이 얼마나 힘든 일인지 느낄 수 있을 것입니다. 당신이 먼저 양보하고 배려하십시오. 사랑하는 이가 섭섭하지 않도록 매사에 관심을 기울이십시오.

세상에서 가장 축복받은 성공은 부부가 행복하게 백수를 누리는 것입니다. 이것이야말로 인생 최고의 기쁨입니다. 아름답게 맞춰가고 행복하게 실천하는 인생, 그것이 성공한 인생입니다.

사랑하는 이가 곁에 있음에 감사하라

혼자는 너무 외로운 인생의 길

사람이 둘이 만나 하나가 되어 살아가는 것은 혼자서는 너무도 외로운 것이 인생이기 때문입니다.

동구 밖 느티나무 한 그루, 나뭇가지에 홀로 앉아 있는 새, 홀로 피어 있는 꽃, 혼자 웅크리고 있는 강아지, 혼자 산책하는 사람 등 혼자 있는 것은 사람이든 사물이든 동물이든 다 외로워 보입니다.

하나는 외롭습니다. 하나는 외로울 수밖에 없습니다. 고무신도 짝이 있다는 우스운 말이 있듯 제 짝이 있는 것은 균형을 이루고 편안해 보입니다. 둘이라는 말은 함께한다는 의미를 내포하고 있는 말입니다. 그래서 둘은 어울림, 동행이라는 아름답고 생동감 넘치는 말을 떠올리게 합니다.

예전에 혼자서 20리가 넘는 밤길을 걸은 적이 있습니다. 그 것도 집 한 채 없는 산길을. 저녁 8시가 조금 넘은 시각이었지 만 사람 그림자는 보이지 않고 산새 소리만 요란하게 정적을 깨트렸습니다. 어찌나 두렵고 고독하던지 지금 생각해도 등골 이 오싹거립니다. 그때 사랑하는 이가 옆에 있었더라면 전혀 두렵지 않았을 겁니다. 오히려 사랑하는 사람이 무서워할까 봐 대범한 척하어 점수를 듬뿍 따려고 했을 겁니다.

혼자라는 말!

혼자라는 말은 쓸쓸함, 두려움, 고독, 그리움을 내포하고 있 는 말이라 가슴을 서늘하게 합니다.

사랑하는 이가 자신의 곁에 있음을 감사하라

사랑하는 이가 자신의 곁에 있다는 것만으로도 머리 조아려 감사하십시오. 사랑하는 사람을 잃거나 헤어진 경험이 있는 사람들에게 물어보면 그 사람이 못 견디게 그립다고 말합니 다. 너무도 그리운 까닭에 죽음을 생각한 적이 한두 번이 아니 라고 고백하는 사람도 있습니다. 내가 살아가는 존재의 이유 인 사랑하는 이가 없다는 것만으로도 크나큰 충격을 받게 되 는 것이지요.

그렇습니다. 사랑하는 사람은 내 존재의 의미이며 살아가야할 이유입니다. 그런데 그 사람이 떠나가고 없다고 생각해 보십시오. 단 한순간도 살 수 없을 만큼 공허감을 느끼게 되지요. 죽음보다 더 두려운 공허함의 공포.

그런데 인간은 어리석게도 이를 잘 알면서도 사랑하는 이에게 상처를 주고 아픔을 줍니다. 그 사람이 곁에 있는 것이 얼마나 소중한지도 모른 채 자기만 잘난 것처럼 말하고 행동합니다. 한 치 앞도 생각하지 못하면서 말입니다.

후회 없이 사는 인생이 어디 있을까요. 후회 없는 인생은 어디에도 없을 것입니다. 후회를 남기는 것이 인생이라지만 후회를 남기지 않는 인생이 되어보십시오. 후회를 적게 하고 적게 남기는 사랑이 아름다운 인생입니다.

남편은 무뚝뚝해서 아내에게 사랑한다는 말조차 제대로 해 본 적이 없었습니다. 마음은 그게 아니었지만 겉으로 표현할 줄을 몰랐습니다. 마음속으로는 아무리 사랑한다고 해도 말로 표현하지 않으면 상대방이 알 수 없습니다. 그런데도 그는 그 평범한 생각조차 실천하지 못했습니다. 그에 비해 그의 아내는 애교도 많고 사랑한다는 말을 자주 남편에게 해주었습니다.

"여보, 이것 좀 먹어 봐. 오늘 시장에 갔더니 시골 할머니들이 직접 뜯은 거라며 팔고 있어서 사 왔거든. 근데 향이 너무 좋은 거 있지."

그의 아내는 산더덕 무침을 남편 앞에 밀어주며 이렇게 말했습니다. 사랑스러운 표정을 짓고 있는 아내를 바라보며 남편은 덤덤한 얼굴로 말없이 웃기만 했습니다. 그래도 아내는 남편이 좋았습니다.

그의 아내는 무뚝뚝한 남편이 가끔은 서운했지만 성격 탓이라고 여기며 서운함을 마음속에서 지워버리곤 하였습니다.

그러던 어느 날이었습니다. 여름휴가를 맞아 피서를 떠났다 돌아오는 길에 그만 교통사고를 당했습니다. 과속으로 달려오던 차가 그들 가족이 탄 차를 들이받았던 것입니다. 그 사고로 애석하게도 아내가 죽고 말았습니다.

"여보! 정신 차려봐! 응, 여보!"

아내는 죽었지만 그와 두 아이는 아주 경미한 부상만 당했습니다. 아내가 없는 집은 고요하기가 깊은 산중 같았습니다. 아이들도 기가 죽어 차마 보기에도 눈물겨웠습니다. 더구나 유치원생인 딸아이가 엄마를 찾으며 울 땐 그의 가슴은 천 갈래 만 갈래로 찢기는 듯 아프고 헤어나지 못할 만큼 괴로웠습니다. 밥을 먹어도 맛이 없었고 잠을 자도 깊은 잠을 잘 수가 없었습니다. 그때서야 비로소 남편은 아내가 얼마나 사랑스럽고 소중한 사람이었는지를 뼈에 사무치게 느꼈던 것입니다.

"여보, 하루에 한 번씩 나 사랑한다고 말해주면 안 돼?"

어느 날 퇴근하고 돌아온 남편에게 아내가 평소 안 하던 말을 한 적이 있습니다. 그때 옷을 벗던 그가 생뚱맞은 표정으로 말했습니다.

"나 항상 당신 사랑해. 그런데 그걸 꼭 말로 해야 돼. 그것도 하루에 한 번씩이나?"

"응. 그래 주면 정말 좋겠는데……."

아내는 이렇게 말하며 그의 옷을 받아 옷장에 넣었습니다.

"아이고 됐네요. 난 낯간지러워서 그렇게는 못 하니까 그런 줄 알아."

그는 손을 내저으며 말했습니다.

"나를 위해서 그 말도 못 해?"

"아니 오늘따라 우리 한명숙 여사님께서 왜 이러실까? 진정하셔, 한 여사님."

남편은 이렇게 말하며 세수하러 욕실로 들어갔습니다.

아내는 그런 남편을 보고 아쉬운 얼굴을 하며 주방으로 갔습니다. 그녀가 그럴만한 이유가 있었습니다. 친구 남편이 갑자기 죽은 것입니다. 그 친구는 남편과 유달리 사이가 좋았는데 그만 남편이 과로사하고 말았습니다. 그걸 본 아내는 남편과 더 사이 좋게 지내야겠다고 마음먹었고, 남편에게도 사랑한다는 말을 듣고 싶었던 것입니다.

그런데 자신의 속마음과는 달리 남편에게 깨끗이 거절당한 꼴이 되고 말았으니 쓸쓸한 기분을 한동안 떨칠 수가 없었습니다. 그러나 남편을 향한 아내의 마음은 늘 변함이 없었고 성격적으로 타고난 남편을 굳이 원망하지 않았던 겁니다.

그토록 사랑스런 아내가 죽고 나니 그는 모든 것이 다 후회가 되었습니다. 남편으로부터 사랑한다는 말을 무척이나 듣고 싶어 했던 아내에게 자신이 얼마나 무뚝뚝하게 굴었는지 알게 된 그는 아내에게 너무 미안해 참회의 눈물을 흘리고 또 흘렸습니다.

"여보, 당신이 그렇게 듣고 싶어 했던 사랑한단, 그 말 해주지 못해 정말 미안해⋯⋯. 내가 너무 무관심했어⋯⋯. 이렇게 가슴 아픈 일인 줄 알았으면⋯⋯ 당신에게 사랑한다는 말을 넘치도록 해줬을 텐데……. 내가 나빴어. 그 흔한 말 하나 제대로 못 했으니……. 이를 어떻게 용서받아야 할까……. 여보, 사랑했어. 정말이지 당신을 미치도록 사랑했어……. 당신이 지금 살아올 수만 있다면……, 하루에 열 번, 아니 백 번, 아니 천 번이라도 아니 그 이상이라도 사랑한다고 말해줄 거야. 여보, 명숙아, 다시 올 수 없겠니? 응, 명숙아…….'

그의 가슴엔 아내에 대한 그리움이 태산보다도 높게 쌓였고 그 그리움은 매 순간마다 그의 눈시울을 붉게 만들곤 했습니다.

그는 아내를 잃고 심신이 지쳐 있었지만 자신을 기다리고 있을 두 아이를 위해 이를 악물고 버티어냈습니다.

퇴근한 그는 걸어서 집으로 갔습니다. 아내가 없는 집으로 간다는 것이 죽기보다 싫었지만 사랑하는 아이들이 그를 기다리고 있었습니다.

'은수야, 은결아, 아빠 더 이상 울지 않을게. 사랑해.'

속으로 이렇게 외치며 그는 집을 향해 뛰기 시작했습니다. 자신을 기다리고 있을 두 아이의 초롱초롱한 눈이 그의 가슴을 뜨겁게 했던 것입니다.

● ● ●

후회를 남기지 않는 삶

후회를 남기지 않는 사람이 똑똑한 사람입니다. 그리고 그런 사람이 사랑도 잘합니다. 후회한다는 것이 어리석고 미련스러운 일임을 알기 때문입니다. 그래서 똑똑한 사람은 칭찬받을 일만 찾아서 합니다. 칭찬받을 일만 골라서 하는데 사랑하는 사람이 불만이 있을 이유가 없지요.

그러나 어리석고 미련한 사람은 칭찬받을 일을 하지 않습니다. 몰라서 못 하는 것도 있지만 알아도 게으르고 미련스러워서 하지 못합니다. 그러니 후회를 남기는 일만 골라서 하는 것입니다. 그래 놓고 사랑하는 이가 돌아올 수 없는 먼 길을 떠나거나 함께하는 삶이 끝났을 때 두고두고 가슴을 치고 후회하지요.

영국의 비평가이자 극작가인 조지 버나드쇼는 "세상에는 자기를 사랑하고 또한 사랑받기를 원하면서도 사랑하는 이를 괴롭히고 해치면서 사랑을 멀리하는 이들이 많다."고 비판했습니다. 그렇습니다. 이 말은 이런 사람들의 행태를 적확하게 꿰뚫고 한 말입니다.

후회를 남기지 않는 삶!

버나드쇼의 말처럼 이율배반적인 사랑의 길에 빠지지 않기를 바랍니다. 그 길은 자신도 자신이 사랑하는 이도 외롭고 고독하게 하는, 후회를 남기는 삶이랍니다.

후회를 남기지 않는 인생의 지혜

자신만 아는 독선적이고 기회주의적인 삶의 길에서 벗어나십시오. 자신만 아는 삶은 스스로를 고독하게 하고 쓸쓸한 인생 길로 몰아가기 때문입니다.

하나를 줌으로써 둘을 얻는 사랑의 법칙을 활용하십시오. 사람은 감동적인 인생을 원합니다. 또 감동을 주는 사람을 좋아합니다. 감동을 주면 자신은 더 큰 것을 얻습니다.

후회를 남기는 것처럼 가련한 인생은 없습니다. 후회를 남기는 것은 어리석은 자가 하는 삶의 행태이기 때문입니다. 후회를 남기지 않는 인생이 똑똑한 인생입니다.

인생의 겨울이 오면 당당하게 맞서 싸워라

작은 일에도 관심을 기울여라

사랑하는 이들은 작고 하찮은 일에도 마음을 써주어야 탈이 없는 법입니다. 작고 사소한 일에 관심을 가져주면 '아, 이 사람이 나를 꽤나 사랑하는구나' 하고 생각하게 되지요. 그토록 자신에게 마음을 써 주는데 어찌 그 사람을 사랑하지 않겠는지요.

사랑하는 이에게 감동을 주는 일은 크고 멋진 일에만 있는 것이 아닙니다. 오히려 작고 사소한 일에서 더 감동하고 사랑을 느낍니다. 그런데도 많은 사람들은 이 법칙을 적용하지 못합니다. 왜냐하면 큰 것만 가지고 감동을 주려고 하기 때문입니다. 이것이 많은 사람들이 생각하는 모순입니다. 그 모순으로부터 하루 빨리 벗어나야 합니다.

작은 일을 하찮게 여기지 마십시오. 자신이 사랑하는 이로부터 늘 사랑받고 싶다면 작은 일에 자주 마음을 써주고 감동을 주십시오. 그것처럼 확실한 사랑 법칙은 없습니다.

부부란 가정의 공동 운영자

행복한 가정은 남편이나 아내가 잘해서 가꾸어지는 것이 아닙니다. 남편과 아내가 함께 힘을 모아 만들어 갈 때 행복하고 아름다운 가정이 되는 것입니다.

그런데 문제 있는 가정의 대부분은 이런 평범한 순리의 법칙을 잊고 서로에게 책임을 떠넘기며 "너나 잘하세요." 하고 감정에 불을 지피곤 합니다. 이런 일이 반복되다 보면 감정이 쌓이게 되고 쌓인 감정은 통제가 되지 않아 서로를 공격하게 됩니다. 그리고 공격을 자주 하다 보면 악감정의 골이 깊어져 호미로 막을 것을 가래로도 못 막는 상황이 되고 맙니다. 그러다 보면 남남처럼 싸늘해져 돌이킬 수 없는 지경에 이르게 되지요.

부부란 가정의 공동 운영자입니다. 그 어떤 일도 함께 의논하고 공동으로 책임을 지며 잘못된 일에 대해서는 회피하지 말고 더욱 지혜롭게 일을 해결해 나가도록 해야 합니다. 결혼

식 때 검은 머리가 파뿌리가 될 때까지 서로 아끼고 사랑하겠다고 하객들 앞에서 철석같이 약속해놓고는 나 몰라라 하는 식이 되어서 어찌 행복한 사랑을 꿈꿀 수 있겠는지요.

서로를 간절한 마음으로 헤아려주고 감싸주는 너그러운 사랑이 되어야 합니다. 그것이 행복이 넘치는 사랑의 법칙입니다.

당신은 탁월한 '사랑의 법칙'의 귀재가 되기 바랍니다.

인생의 고통이 너무 커 죽으려고 했던 이가 있습니다. 그는 친구에게 사기를 당해 전 재산을 날리고 아내로부터 이혼을 당했습니다. 하루아침에 빈털터리가 되고 배신까지 당했던 것입니다. 그는 자신의 현실을 인정하려고 하지 않았습니다. 모든 것이 꿈에서 일어난 일 같았습니다.

그러나 그건 현실이었습니다. 그를 더욱 힘들게 하는 것은 가족으로부터 철저하게 외면당하는 고통이었습니다. 게다가 친구들과 주변 사람들의 비웃음과 따돌림까지 감내해야 했습니다. 어느 누구도 그를 반겨주지 않았습니다. 믿었던 친구들도 한두 번은 그를 만나 밥도 사고 술도 샀지만 그와의 만남을 극도로 꺼렸습니다.

어느 날 그는 가장 믿었던 친구에게 전화를 걸었습니다. 아무리 신호가 가도 그는 받지 않았습니다. '바빠서 그럴 거야, 아니면 무슨 사정이라도 있겠지.'라고 생각하며 전화가 오길 기다려도 친구에게선 아무런 연락이 없었습니다. 이번엔 친구의 사무실로 전화를 했습니다. 여직원이 전화를 받았습니다. 바꿔줄 테니 잠시만 기다리라고 해서 기다리는데 여직원이 이내 하는 말이 친구가 급히 전무실로 갔다는 것입니다. 전화를 끊은 그의 얼굴은 일그러졌습니다. 슬픔의 그림자가 그의 얼굴을 가득 에워쌌습니다.

'아, 이젠 너마저 나를 외면하는구나. 그래. 그 친구인들 날 만나는 게 반가울 리가 없겠지. 그래, 다 그런 거지. 다 그런 거야……'

그는 이렇게 생각하며 자신이 잘 가던 바다로 갔습니다. 모든 것이 싫었습니다. 자신도, 가족도, 친구도 다 싫었습니다. 바다에 도착한 그는 포장마차에 들러 술을 마셨습니다. 술을 마시던 그는 갑자기 큰 소리로 울기 시작했습니다. 그러자 깜짝 놀란 포장마차 주인이 인상을 잔뜩 찌푸리며 그를 밖으로 내쫓았습니다.

"원, 재수가 없으려니 별 거지 같은 게 다 와서 울고 그래. 에이 재수 없어."

포장마차 주인의 비아냥거림에도 그는 아무런 대꾸 없이 바닷가를 향해 걸어갔습니다. 파도가 넘실거리며 긴 혓바닥을 날름거렸습니다. 소스라칠 만큼 두려웠습니다. 그렇지만 그는 두 눈을 꽉 감고 바다를 향해 몸을 날렸습니다.

인명은 재천이라는 말이 있듯 그때 마침 그 광경을 지켜보던 사람이 있었습니다. 그 남자가 재빠르게 물속으로 뛰어들어 그를 구해냈습니다. 물 밖으로 이끌려 나온 그를 데리고 남자는 인근 횟집으로 갔습니다. 남자와 마주 앉은 그는 고개를 푹 떨군 채 눈물만 흘렸습니다.

"무슨 일인지는 몰라도 하나뿐인 목숨을 함부로 내던져야 되겠소."

"……"

그는 남자의 말에 아무 대꾸도 못 하고 눈물만 흘렸습니다.

"이보오, 젊은이. 내 술 한잔 받으시오. 그리고 툭 터놓고 내게 말해보시오. 누가 아오. 내가 작은 힘이라도 돼줄지."

50이 넘어 보이는 남자는 인자한 목소리로 이렇게 말하며 술을 따라주었습니다. 남자의 말에 눈물을 그친 그는 그동안 있었던 이야기를 털어놓았습니다. 처음 본 남자가 왠지 자신의 답답한 속을 풀어줄 것만 같았습니다.

모든 사정 이야기를 들은 그는 빙그레 웃음을 띤 채 말했습니다.

"이 세상에서 가장 좋은 것도 사람이고 가장 더럽고 추한 것도 사람이오. 내 형편이 좋을 땐 주위에 사람들이 꼬이지만, 내 형편이 초라할 땐 다 떠나가는 게 사람들이오. 사람을 너무 믿지도 너무 멀리 하지도 마시오. 그냥 내가 살아가는 데 있어 필요한 것 중 하나라고 여기시오. 그게 차라리 옳은 생각일 거요. 그렇다면 죽는다는 게 너무 억울하지 않소? 그런 사람들의 외면 때문에 하나뿐인 소중한 목숨을 버리려 하다니……."

그는 남자의 말을 잠잠히 듣기만 했습니다.

"이름이 무엇이오?"

"정용호입니다."

"난 정용호 씨를 보는 순간 내 지난날이 떠올랐소. 나 역시 정용호 씨처럼 좌절하며 방황하던 때가 있었소. 그런데 그때 나를 잡아준 분이 있었소. 그분은 지금의 내 장인어른이오. 그 어른을 만나지 못했더라면 지금의 나는 없었을 것이오. 몇 해 전에 돌아가셨지만 내 인생의 큰 스승이었소. 그분은 나를 자신이 경영하는 회사에 취직시켜 주셨고, 훗날 나를 사위 삼아 회사를 물려주셨소. 난 열심히 일하는 것으로 그분의 은혜를 갚으려 했고, 결국 난 회사를 몇 배나 키울 수 있었소."

용호는 그의 이야기를 들으면서 자신의 어리석음을 깨달았습니다. 사람이란 거기서 거기라는 것을. 그 사실을 자신이 잊고 살아왔다는 것을. 용호는 자신의 어리석음을 깨닫게 해준 그를 향해 넙죽 큰절을 올렸습니다. 그리고 용호는 그를 자신의 목숨을 살려준 은인이자 인생의 스승으로 모시기로 했습니다.

용호는 그의 주선으로 공장에 취업을 하였습니다. 그러고는 몸이 부서져라 열심을 다해 일하였습니다. 몇 년 동안 돈을 모

아 덤프트럭을 샀습니다. 그리고 회사와 운송계약을 맺고 열심히 일하였습니다.

"용호, 저 친구 정말 대단해. 마치 신들린 것처럼 일한다니까……."

성실하고 정확한 그는 그곳 사람들에게 보증수표로 통했습니다. 그의 덤프차는 2대가 되었고, 곧 3대가 되었습니다. 그는 절망 끝에서 희망을 찾아 전보다 나은 삶을 찾았습니다.

그의 인생의 겨울은 참혹하리만치 혹독했지만 결국 그는 자신의 인생을 따스한 봄으로 되돌려놓았습니다.

그가 그렇게 되기까지는 그를 친동생처럼 생각하고 이끌어준 남자가 있었기에 가능했습니다. 아파트도 사고 자가용도 산 용호는 남부럽지 않은 생활이었지만 늘 가족에 대한 그리움에 젖었습니다. 이혼 후 근 8년을 혼자 지내온 그는 전처에게 전화를 걸어 한번 만나자고 했습니다. 그의 제안에 전처는 주저하지 않고 흔쾌히 만나겠다고 말했습니다.

그는 전처에게 줄 선물과 꽃을 사 들고 약속 장소로 차를 몰았습니다. 그의 가슴은 두근거리기 시작했습니다. 이상한 일이었습니다. 마치 전처를 처음 만났을 때처럼 그랬습니다. 그의 두근거림은 약속 장소로 가는 내내 계속되었습니다.

약속 장소에 들어서자 전처가 먼저 와서 기다리고 있었습니다. 그녀를 보자 그의 가슴은 가볍게 떨렸습니다. 그는 현실을 잊은 채 연애하는 기분에 사로잡혀 "오랜만이야. 만나서 반가워." 하며 떨리는 목소리로 반갑게 말했습니다.

"당신도 좋아 보이네."

전처는 부드러운 목소리로 말했습니다. 이혼 당시 표독스럽던 모습은 어디로 가고 연애 시절의 모습으로 되돌아와 있었던 것입니다.

용호는 전처의 모습에서 일말의 희망을 발견하였습니다. 어쩌면 다시 합치고 싶다는 자신의 꿈이 이뤄질지도 모른다는 생각이 그의 마음을 간절하게 했습니다.

"그래? 그렇게 보인다니 다행이야. 난 당신에게 초라하게 보일까 봐 은근히 걱정했었는데……. 고마워. 그렇게 말해줘서."

용호는 싱긋 웃으며 말했습니다.

"무슨 말을 그렇게 해. 내가 무슨 자격으로 당신을 이렇다 저렇다 할 수 있겠어. 난 사실을 말한 것뿐이야. 정말이지 당신 참 좋아 보여."

전처가 엷은 미소를 머금은 채 다정스럽게 말하자 그는 하늘을 나는 듯한 기분에 사로잡혔습니다. 전처는 자신이 생각했던 것과는 전혀 다른 여자가 되어 있었습니다.

그는 너무도 달라진 전처의 모습에 용기가 생겼습니다. 그는 아파트와 자가용을 장만했으며, 적금통장이며 보험증권이며 덤프트럭도 여러 대를 갖고 있다는 것과 그동안 지내왔던 일을 소상하게 말해주었습니다. 용호의 말을 듣는 전처의 얼굴엔 온화한 빛이 역력했습니다. 그는 전처가 자신의 말에 깊은 관심을 보이는 것을 보고 더욱 희망을 가졌습니다.

"당신, 그동안 정말 고생 많이 했네. 난 그런 줄도 모르고……. 미안해. 내가 너무 모질었어."

전처는 자신의 무관심에 대해 미안한 마음을 담아 말했습니다.

"당신이 뭐가 미안해? 그런 말 안 해도 돼. 내가 무슨 자격으로 그런 말을 들을 수 있겠어. 이렇게 날 만나 준 것만으로도 고마워."

"너무 그렇게 말하지 마. 그럼 내가 너무 미안하잖아."

용호는 전처의 말에 고개를 끄덕이며 미소 지었습니다. 그는 준비해 간 선물과 꽃을 전처에게 주었습니다.

"이게 뭐야?"

"응, 작은 거 하나 샀어. 맘에 들지 모르겠네."

"안 주면 어때? 왜 이런 데 돈을 써."

"그냥 주고 싶었어. 당신 액세서리 좋아하잖아."

용호의 전처는 그의 말에 눈시울이 붉어졌습니다. 그러고는 잠시 동안 말없이 창밖을 내다보았습니다. 용호는 더 이상 아무 말도 안 한 채 그대로 있었습니다. 얼마 동안 창밖을 내다보고 있던 전처가 고개를 돌려 그를 바라보며 말했습니다.

"당신의 자상한 성격은 여전히 변함이 없네. 날 생각해서 선물까지 준비하고……. 고마워. 정말 고마워."

순간 용호는 전처가 너무도 고마워하는 모습에서 그동안의 단절로 인한 낯설음을 느끼곤 움찔했지만 이내 부드러운 얼굴이 되어 말했습니다.

"너무 그렇게 말하니까 쑥스럽네. 고마워. 선물 받아줘서."

그러고는 다시 합치면 어떻겠느냐며 넌지시 말했습니다. 그러자 전처는 생각할 기회를 달라고 했습니다.

두 사람은 식사를 하고 나서 헤어졌습니다. 집으로 돌아온 용호는 희망을 갖고 기다렸습니다. 자신의 제안을 단호하게 거절할 줄 알았던 전처가 생각할 시간을 달라고 한 것은 그에게 대단한 수확이었습니다.

전처를 만난 지 한 달이 넘도록 연락이 오지 않자 용호의 가슴은 바짝 타 들어갔습니다. 일말의 희망을 갖고 기다리는 그는 하루하루 피가 마를 지경이었습니다.

그러던 어느 날 드디어 전처에게서 연락이 왔습니다. 용호의 뜻대로 다시 시작하자고 했습니다. 그는 환호성을 지르며 기뻐했습니다. 용호의 소식을 들은 인생의 스승과 주변 사람들은 진심으로 그를 축하해 주었습니다.

"나의 제안을 받아줘서 정말 고마워. 나 당신에게 정말 잘할게. 우리 행복하고 아름답게 살자."

"고마워. 우리 그동안 못다 했던 행복까지 누리며 살아. 나도

당신에게 잘할게."

용호의 말에 전처도 흔쾌히 말했습니다. 그리고 그들은 다시
부부가 되었습니다.

●　　●　　●

인생의 겨울이 오면 피하지 말고 맞서 싸워라

용호는 혹독하고 힘겨운 인생의 겨울을 잘 견뎌왔기에 새로
운 오늘을 맞이할 수 있었던 것입니다.

인생의 겨울을 너무 두려워하거나 슬퍼하지 마십시오. 겨울
이 지나면 봄이 오듯 인생의 봄도 반드시 온다는 사실을 잊지

마십시오. 그날을 위해 오늘은 눈물을 닦으며 앞을 향해 나아가야 합니다. 겨울이 아무리 춥고 혹독해도 반드시 봄은 오는 것이니까요.

그러나 인생의 겨울이 오지 않도록 최선의 사랑을 하는 것이 더욱 중요합니다. 최선의 사랑은 그 어떤 것도 뛰어넘을 수 있는 에너지를 갖고 있으니까요.

용호가 전처와 다시 시작할 수 있었던 것은 그가 시련을 딛고 미래를 밝게 다져놓았기 때문입니다. 아무리 최악의 상황이라고 해도 꿈을 잃지 말고 그 꿈이 이뤄질 때까지 최선을 다하십시오.

최선을 다하는 사랑이 가장 아름답습니다.

인생의 겨울을 이겨내는 지혜

살다 보면 인생의 겨울을 만나기도 합니다. 사소한 오해로, 상대의 배반으로, 양보하지 않아서, 감정 대립으로 인생의 겨울을 만납니다. 이럴 땐 얼어붙은 마음을 녹일 수 있도록 오해를 풀고 용서하고 양보해야 합니다. 그래야만 인생의 봄을 만날 수 있습니다.

인생을 살다 보면 실패도 하고 좌절도 겪을 수 있습니다. 그럴 때 곁에서 위로하고 용기를 주고 사랑을 준다면 어려운 고비를 슬기롭게 이겨낼 수 있을 것입니다.

죽음과 같은 두려움과 맞닥뜨려도 최선의 사랑으로 사랑하면 그 두려움을 이겨낼 수 있습니다. 최선의 사랑에는 인간의 힘을 뛰어넘는 에너지가 넘쳐흐르니까요. 그 열정의 에너지를 간직하기 위해서는 늘 최선의 사랑으로 사랑하십시오.

가난한 남편을 진실로 사랑한 지고지순한 아내

진실한 사랑은 그 사람의 내면을 보는 것이다

진실한 사랑으로 맺어진 사람들도 상황이 변하면 흔들리는 사랑에 아픔을 겪는 일이 많습니다. 이는 변함없이 진실한 사랑을 한다는 것이 얼마나 힘든 일인지를 단적으로 보여주는 일입니다.

처음 사랑에 빠진 남녀가 서로에게 하는 말 중 가장 많은 말이 "난 오직 너만을 사랑할 거야."입니다. 그리고 이 말 뒤에 꼭 덧붙이는 말이 있으니, "이 세상 다하도록!"이란 말이지요. 이것만 보아도 얼마나 멋지고 생동감 넘치는 말인지를 잘 알 수 있습니다.

그러나 애석하게도 길어야 대개 2, 3년이면 이 말의 유효기간이 끝나고 말지요. 그다음부턴 사랑이 아니라 정으로 산다고 말합니다. 정이란 사랑하는 감정이 내포되어 있는 말이지만 '사랑'이라는 원초적인 감정을 표현한 말을 뛰어넘을 수는 없지요. 그러기에 "난 오직 너만을 사랑해!" 하는 말을 사랑하는 이로부터 수십 년 동안 듣는다는 것은 지상 최고의 행복이 되어왔습니다.

그런데 문제는 이런 순정한 사랑을 하기 위해서는 상대방의 외적인 환경 요소를 보아서는 안 된다는 것이지요. 왜냐하면 외적인 환경 요소가 상대에게서 사라지면 그 사람을 새로운 시각으로 보게 되는데 이것이 장점보다는 단점으로 작용하는 경우가 많기 때문입니다.

그동안은 외적인 요소에 빠져 잘 보이지 않던 단점들이 숨은 그림 찾듯 하나둘씩 고개를 내밀기 시작합니다. 그러다 보면 상대방이 허점투성이로 보이지요. 이것이 둘 사이를 단절시키는 요인으로 작용하게 되면 사랑은 침묵으로 흐르게 되고 그것이 더욱 깊어지면 이별을 고하게 된답니다.

그러나 조건이라는 외적인 환경 요소가 아닌 사랑하는 이의 내면을 바라보는 사랑은 그 어떤 상황에 이른다 하더라도 상대방에 대한 자신의 사랑을 지켜낼 수 있는 확률이 높습니다. 사랑하는 이의 내면을 바라본다는 것은 그 사람의 진실된 마음의 순결성, 부드러운 성품 그리고 미래지향성 등을 외적인 환경 요소보다 우위에 둔다는 것이기 때문입니다. 이를 잘 증명해주는 통계가 있는데 상대의 외적인 환경 요소를 보고 사랑을 선택한 사람들은 사는 동안 늘 채워지지 않는 사랑에 갈급해한다고 합니다.

이에 반해 마음으로부터 진실한 사랑을 하는 사람들은 충만한 사랑으로 인해 행복지수가 높다고 합니다. 그래서 앙드레 지드는 "사랑을 하는 자신의 첫째 조건은 마음이 순결해야 한다. 상대방의 인격을 존중하지 않고는 진실한 사랑이라고 할 수 없다. 그리고 그 마음과 뜻이 흔들림이 없어야 한다. 신 앞에서도 부끄러움이 없고 동요가 없어야 한다. 그리고 그 어떤 외부적인 장애물 앞에서도 변하지 않는 용기를 지녀야 한다." 고 말했습니다.

그렇습니다. 아무리 돈방석에 올려준대도 그 기쁨은 잠시뿐, 진실한 사랑의 조건은 될 수 없습니다. 진실한 사랑을 원한다면 사랑하는 이의 내면을 보고 그 사랑을 선택하십시오. 내면의 사랑이 튼튼해야 뿌리 깊은 나무처럼 변함없이 오래가는 법입니다.

후회가 남지 않게 죽도록 사랑하라

인생이 여러 개라면 이런 사랑, 저런 사랑 맘껏 해볼 수 있을 텐데 유감스럽게도 하나님께서는 단 한 번뿐인 인생을 주셨습니다. 이는 그 누구에게도 공통적으로 적용되는 인생의 법칙이지요. 불로초를 구해 오라고 야단법석을 떨었던 진시황제도 결국은 100년도 못 살고 죽고 말았습니다. 이처럼 보잘것없이 유한한 게 인생입니다.

그런데 뭐가 그리도 잘나고, 특별하기에 나만 보아 달라고 거들먹거리며 오만한 인생을 살아야 하는 건지요. 후회 없는 인생이란 그 어디에도 없겠지만 그래도 후회의 폭을 줄일 수 있는 인생을 살고 사랑을 해야 하지 않을까 합니다.

나 또한 이 글을 쓰면서 살면서 잘한 일보다는 못한 일이 더 많음을 가슴에 사무치게 느꼈습니다. 젊었을 때는 인생이 언제나 푸릇푸릇한 5월의 숲인 줄 알았습니다. 언제나 내 자리는 황금빛으로 가득 차 있을 것만 같았습니다.

그러나 그것이 얼마나 오만한 생각인지 알게 되었고, 그것을 아는 순간 내 인생의 강물도 청춘의 푸른 숲을 덤덤히 지나오고야 말았다는 것을 깨닫고는 깊은 실의에 잠긴 적이 있습니다. 그리고 더 이상은 내 청춘의 버스가 오지 않는다는 것을 알게 되었습니다. 그래서 더욱 열정적으로 내 인생을 사랑하고 싶어 더욱더 열심히 일하며 살고 있습니다.

그렇지만 늘 부족함을 느끼고 있고 내가 기울인 노력만큼 결실이 없어 조바심을 느끼고는 실망하는 때도 있습니다. 어쩌면 이것이 내게 주어진 능력의 한계인지도 모른다고 여겨지면 때때로 인생이 슬프고 아득하게 다가오기도 합니다. 그럼에도 불구하고 나는 나 아닌 독자들의 인생에 소망을 심어주고, 도움을 필요로 하는 곳엔 내 보잘것없는 힘이라도 보태주고 배려하며 나의 인생을 즐기며 살고 싶습니다.

비록, 내 인생의 운명이 나를 외롭게 하고 슬프게 하더라도 그것까지도 감사하게 받아들이면서 말입니다. 이것이 지금 나의 간절한 소망입니다.

어떤 부부가 있었습니다. 그들은 결혼한 지 30년이 되도록 행복하게 살았습니다. 그들은 항상 둘이 붙어 다니고 서로를 떠받들며 남들이 부러워하는 애정을 과시하며 살았습니다. 남편은 항상 아내를 사랑으로 감싸주었고 아내는 믿음과 공경으로 남편을 감싸주었습니다.

그들 부부는 언제나 둘이 하나가 되어 다녔습니다. 그들을 보고 주변에서는 보기 드문 부부라며 칭송이 자자했습니다. 그들을 보는 것만으로도 삶을 아름답게 여겼으며 자신들의 삶을 되돌아보곤 했습니다.

그런데 어느 날 갑자기 아내가 사고로 세상을 뜨고 말았습니다. 하루아침에 아내를 잃은 남편은 하늘이 와르르 무너지는 충격에 빠져 헤어나지 못한 채 몸져누웠습니다. 먹는 것도, 시 쓰는 것도, 사람을 만나는 것도 그에겐 다 부질없는 일처럼 느껴졌습니다. 자식들이 아무리 애를 써도 상실감에 빠진 그의 마음은 좀처럼 돌아올 줄 몰랐습니다. 아내의 죽음은 한마디로 그에겐 절망 그 자체였습니다.

그는 하루 종일 아내의 사진을 들여다보았습니다. 아내의 사진을 들여다보고 있으면 금방이라도 아내가 대문을 열고 들어올 것만 같았습니다. 하지만 떠난 아내가 돌아오지 않는다는 생각이 들면 그는 소리 죽여 눈물을 흘리곤 했습니다.

그의 생활은 하루하루가 늪지를 걸어가는 형상이었습니다. 이러면 안 된다는 것을 알면서도 그는 절망의 늪을 빠져나오지 못했습니다. 그의 가슴속엔 반가운 사람도, 맛있는 것도 없었고 멋진 것도 없었으며 오직 먼저 간 아내만이 있었습니다. 그는 아내가 떠난 지 3년이 넘도록 한 주도 거르지 않고 아내가 잠들어 있는 곳을 다녀오곤 했습니다. 그의 삶은 온통 먼저 간 아내로 꽉 차 있었습니다.

그는 평생 시를 쓰며 살았습니다. 시가 돈이 안 되는 문학이라는 건 아는 사람들은 다 아는지라 시만 쓰는 그의 생활은 늘 가난의 굴레에서 허덕였습니다. 그는 돈을 못 버는 자신이 때때로

밉고 역겨웠지만 그때마다 그의 아내가 그를 지켜주었습니다.

"여보, 나는 당신이 돈을 잘 버는 것보다 좋은 시를 쓰는 것이 더 좋아요. 내가 당신을 사랑하는 것은 당신이 남들이 하지 못하는 시를 쓰는 시인이기 때문이에요. 나는 늘 당신이 멋지고 자랑스러워요. 그러니 돈 버는 일에 대해 너무 민감하게 생각하지 마세요. 돈은 내가 얼마든지 벌 수 있어요. 그러니까 당신은 좋은 시를 써서 많은 독자들에게 위안을 주고 용기를 주도록 하세요. 그게 내가 당신에게 바라는 거예요. 아셨죠?"

그의 아내는 그를 진정 시인으로 존중하고 좋은 시를 쓰기를 바랐습니다.

"여보, 고마워……. 내게 당신이 없었다면 내 인생은 참 허무하고 쓸쓸했을 거야. 이처럼 나를 아끼고 용기를 주는 당신이 내 아내라는 게 정말 자랑스러워. 난 정말이지 복이 많은 사람이야. 여보, 고마워."

그는 아내에게 몇 번이고 고맙다는 말을 하며 환하게 웃었습니다. 그러나 시인으로서의 그의 삶은 너무 힘들고 고단한 삶이었습니다. 아무리 아내가 자신을 이해하고 용기를 준다지만 자식들은 달랐습니다. 자식들은 돈 못 버는 아버지를 미워하며 원망했습니다.

"아버지는 정말 너무해. 돈도 못 벌고 매일 돈도 안 되는 시만 쓰시고……. 우리 엄마만 불쌍하지 뭐."

첫째 딸 영교는 늘 이렇게 말하며 불평불만을 쏟아냈습니다. 그의 아내는 딸의 그러한 태도를 절대로 용납하지 않았습니다.

"너, 그게 무슨 말버릇이야. 넌 아빠가 자랑스럽지 않니?"

"아니. 난 아빠가 정말 이해가 안 돼. 그러니 나에게 억지로 아빠를 이해하라고 말하지 마. 엄마가 그러면 그럴수록 난 더 아빠를 미워하게 될 거야."

"이런 못된 것 같으니라고……. 그래, 딸년이 돼서 아빠도 이해 못 해. 그래 놓고 네가 아빠 딸이라고 말할 수 있니?"

아내가 화가 나서 이렇게 소리치면 딸아이는 눈물을 흘리며 밖으로 뛰쳐나가곤 했습니다. 하지만 그의 아내는 조금도 남편을 원망하거나 미워하지 않았습니다. 그녀는 언제나 그에게 있어 자애롭고 사랑스런 아내였습니다. 간혹 아내가 하는 가게 일을 그가 도울라치면 그녀는 질색하며 남편을 방으로 들여보냈습니다.

"여보. 나 안 도와줘도 돼요. 소중한 시간을 왜 이런 일에 허비하고 그래요. 시간이 남으면 책을 읽던가, 산책도 하고 그러세요. 당신이 날 도와주려는 것은 너무 고맙지만, 난 당신이 가게에 나와 기웃거리는 것 정말 싫어요. 그러니까 여보, 당신 하고 싶은 일만 하세요."

"여보, 운동 삼아 하려는 거야. 그래도 안 돼?"

"안 돼요. 그러면 차라리 운동을 하세요."

"당신도 참, 알았어. 당신 말대로 할게."

아내는 운동 운운하며 자신을 도우려고 하는 남편의 깊은 속을 너무도 잘 아는지라 그의 등을 떠밀었습니다. 그럴 때마다 그는 "허허허" 웃으며 밖으로 나가곤 했습니다.

그는 자신을 위해 헌신하는 아내가 너무 고마웠지만 한편으론 남편의 도리를 다하지 못하는 것에 대해 늘 빚지는 기분이 들었던 겁니다.

그는 자신이 진정 아내를 위하는 길은 좋은 시를 써서 보답하는 것임을 잘 아는 까닭에 작품 창작에 열정을 다했습니다. 그러한 노력의 결과 그에게 좋은 소식이 찾아왔습니다. 그의 작품을 싣겠다는 잡지사의 원고청탁이 들어온 것입니다. 그는 시를 써서 보냈습니다. 그러자 원고료가 입금되었습니다.

시를 써서 처음으로 원고료를 받은 날, 그는 너무 기뻐 하늘을 날아갈 것만 같았습니다. 그는 원고료로 아내의 선물을 샀습니다. 그가 아내를 위해 준비한 선물은 화장품이었습니다. 장사하느라 손이 거칠어진 아내를 위한 선물로 화장품이 제격이었습니다.

그는 편지와 함께 아내의 화장대에 선물을 올려놓고는 밖으로 나갔습니다. 외출을 준비하던 아내가 그의 선물을 발견하고는 포장지를 뜯었습니다. 그러자 화장품과 편지가 있었습니다. 그녀는 편지부터 읽어내려 갔습니다.

여보, 나는 당신이 내 아내라는 게 두고두고 고마워.

당신의 사랑으로 나는 시를 쓰지만 난 언제나 받기만 할 뿐 당신에게 해준 게 없어. 그것을 생각하면 나는 정말 나쁜 사람인 것 같아. 그래서 늘 미안한 마음이야. 고맙다는 말밖에 할 수 없는 나지만 당신에게 선물을 줄 수 있다는 게 이렇게 기분 좋은 일인 줄 오늘에서야 비로소 알았어.

나만이 전부인 양 자신의 모든 것을 다 바치는 당신을 생각하면 내가 정말 복이 많은 사람이구나 싶어. 그래서 늘 당신에게 감사해하고 있어.

여보, 정말 고마워.

내가 처음 받은 원고료로 조그만 선물 하나 장만했어. 그러니 기쁘게 받아줘. 다음엔 더 좋은 시를 써서 당신을 더 행복하게 해줄게.

여보, 사랑해.

편지를 읽고 난 그의 아내의 눈엔 눈물이 맺혔습니다. 자신을 생각하는 남편의 고운 마음이 그녀의 가슴을 뭉클하게 했던 것입니다.

'여보, 고마워요. 잘 쓸게요.'

그의 아내는 속으로 중얼거리며 화장품에 코를 대고는 엷은 미소를 지었습니다.

그 일이 있고 나서 그는 더욱 시 쓰기에 정진했습니다. 비록 중앙에서는 알아주지 않을망정 최선을 다했습니다. 그렇게 그는 시를 써나갔고 여섯 권이 넘는 시집을 간행하였습니다.

시집 출판기념회를 하는 날 그를 바라보는 그의 아내의 눈에서는 기쁨의 눈물이 흘러나왔습니다. 그녀는 오직 한길을 묵묵히 걸어온 남편이 너무 자랑스러웠습니다. 너무 자랑스러워 대로에 나가 남편을 마구 자랑하고 싶었습니다. 그만큼 그녀는 남편을 사랑했고, 남편의 시 쓰는 일을 존경하고 지극한 긍지로 여겼습니다.

"저는 오늘 이 자리에서 진정으로 감사하고 싶은 사람이 있습니다. 오늘의 제가 있기까지 최선의 사랑으로 저를 이끌어주고 아낌없는 사랑을 쏟아준 그녀, 돈이 안 되는 시를 저보다 더 자랑스러워하고 좋아해준 그녀, 제가 시를 쓰는 동안 살림을 꾸리고 2남 2녀의 자식들을 잘 키워준 그녀, 돈도 못 버는 주제에

오직 시 쓰기에 매달리는 저를 한 번도 나무라지 않고 격려해
준 그녀, 제가 다시 태어나도 사랑하고 싶은 그녀는 바로 제 아
내 이정숙입니다. 여보, 정말 고맙습니다. 당신을 사랑합니다."

그의 말이 끝나자 우레와 같은 박수 소리가 출판기념회장을
가득 울렸습니다. 그의 아내는 자리에서 일어나 사람들을 향해
다소곳이 인사를 했습니다. 그러자 이번엔 더 큰 박수 소리가
울려습니다.

그날은 그들 부부에게 있어 최고의 날이었습니다. 출판기념
회가 있고 나서 두 달 후 애석하게도 그의 아내가 갑작스러운
사고로 세상을 떠났던 것입니다.

3년 동안이나 아내의 무덤을 찾아왔지만 아내가 없는 세상은 죽음보다도 고통스러웠습니다. 하루하루가 그에겐 의미 없는 메마른 삶이었습니다.

지독한 그리움에 견딜 수 없는 날은 며칠이 지나도록 시 한 줄 쓰지 못했습니다. 그러다가 문득 그런 자신을 깨닫는 순간 아내를 배신하는 것만 같아 마음을 다잡고 펜을 놀리곤 했습니다.

그는 압니다. 자신이 진정으로 해야 하는 일을. 그리고 그 일이 먼저 간 아내에 대한 자신의 도리와 의무라는 사실을. 그래서 시 쓰기를 멈출 수 없습니다.

비록, 그는 지방 문단에서 활동하지만 여러 차례 상을 수상하며 자신의 노력에 대한 보상을 받았습니다. 그리고 그 모든 공을 아내에게 바쳤습니다.

"여보, 내가 당신 곁에 갈 때까지 잘 지내고 있어. 우리 다시 만날 날을 위해 열심히 살게. 여보……, 정말, 너무 보고 싶다……. 고마워, 여보. 사랑해."

이렇게 중얼거리는 깊이 주름진 그의 눈에서는 그리움과 감사의 눈물이 주르르 흘러내렸습니다.

●　●　●

사랑은 삶을 창조하는 에너지다

사랑이 인생에 있어서 가지는 최상의 유익함은 삶을 창조하는 에너지라는 점입니다. 사랑이 함께하면 불가능한 일도 가능해지고 마침내 성공으로 이어지곤 합니다. 사랑은 아픔에서 벗어나게 하는가 하면 시련의 바다를 헤쳐 나가는 용기를 줍니다. 인간의 상식으로는 도저히 가늠할 수 없는 거대한 힘이 사랑엔 작용합니다.

사랑에 빠진 사람의 얼굴은 늘 생동감이 넘쳐나지요. 그것을 보는 것만으로도 주변 사람들의 기분이 좋아집니다. 이를 보더라도 사랑은 행복한 인생을 위한 '필수 요소'라는 것을 알 수 있습니다.

D. H. 로렌스는 이런 사랑의 특성에 대해 "사랑은 창조하는 힘이다."라고 간결하면서도 명쾌하게 정의를 하였습니다.

"당신은 사랑하는 사람이 있나요? 아, 있다고요? 이거, 정말 미안합니다. 내가 공연한 질문을 한 것 같군요."

이처럼 사랑하는 이가 없는 사람은 없겠지요. 아마 대부분은 사랑하는 대상이 있을 겁니다. 그렇다면 이렇게 말하고 싶군요.

"인생은 짧습니다. 인생은 단 한 번뿐입니다. 그러므로 당신이 사랑하는 사람을 후회 없이 죽도록 사랑하고 사랑하십시오."라고 말입니다.

오늘도 나는 저녁 산책을 하며 하늘을 바라봅니다. 그리고 이렇게 기도합니다.

'저 수많은 별들의 조화로운 아름다움처럼 이 세상 모두가 아름다운 사랑으로 가득 피어나길……. 그래서 모든 인생이 행복하길…….'

미련을 남기지 않는 사랑의 지혜

사랑하는 이가 원하는 일이라면 되도록 다 들어주십시오. 그
것이 자신의 힘으로 할 수 없는 일이라면 하는 척이라도 하십
시오. 그럴 때 사랑하는 이는 자신이 사랑받고 있다는 마음이
들어 더욱 당신을 믿고 사랑할 것입니다.

해서 안 되는 일은 하지 않도록 하십시오. 안 되는 것을 뻔히
알면서도 자존심 때문에 한다면 상대에게 더 큰 상처를 주게
되고 씻을 수 없는 후회로 남을 테니까요.

인생은 짧습니다. 그리고 단 한 번뿐입니다. 미치도록, 죽도
록, 사랑하고 사랑하십시오. 사랑을 잃으면 아쉬움만 남는 법
입니다. 지금 사랑하고 지금 행복하십시오. 사랑은 지금이 가
장 중요합니다.

생각이 쿨하게 바뀌면 인생이 행복해진다

고정된 관념의 틀에서 벗어나라

21세기 최첨단의 길을 걸어가는 지금, 아직까지도 우리 사회는 물론 사람들의 생각 속에는 19세기적 관념이 깊게 물들어 있습니다. 마치 옷에 밴 지워지지 않는 고동빛 감물같이. 이런 고정관념의 틀은 결혼생활에서 매우 두드러지는데, 그 현상을 보면 옷은 최신 유행을 따랐는데 신발은 짚신을 신고 있는 격입니다. 특히, 이런 고정된 생각은 여성보다는 남성들에게 강하게 나타납니다. 봉건시대의 가부장적인 고정관념, 이러한 고정관념은 저마다 개성이 강한 현대인들에겐 매우 배타적으로 작용하지요. 그런데도 보수적인 성향이 강한 젊은 남성들은 고리타분할 정도로 고정된 생각의 틀에 갇혀 있습니다.

우리나라의 이혼율이 세계 3위 라고 하는데 이혼의 원인 중 성격 차이가 가장 큰 요인으로 작용한다고 합니다. 성격 중에서도 남편과 아내의 사물이나 관습에 대한 인식의 시각차가 크게 문제가 된다는군요.

여성들이 새로운 세계의 흐름에 대응하는 속도가 빠른 반면, 남성들은 한 템포 늦는 경향을 보이는 데서 오는 현상입니다. 대개 여성들이 감각적이고 시각적인 데 반해 남성은 대개가 관념적이고 보수적입니다. 사랑으로 만나 결혼에 이른 남녀가 이러한 갈등을 피하지 못하고 깨지는 것을 보면 고정된 관념의 틀이 미치는 영향이 얼마나 큰지를 잘 알 수 있습니다.

그렇다면 어떻게 해야 할 것인가는 분명해졌습니다. 부부 사이를 갈라놓는 생각의 벽을 과감하게 깨트려 버려야 합니다. 물론 하루아침에 되는 것은 아니지만 서로가 노력함으로써 갈등의 걸림돌을 빼내야 합니다.

남녀가 가지는 이질적인 차이에 대해 루소는 "남자는 알고 있는 것을 말하지만, 여자는 즐길 수 있는 것을 말한다."라고 말했으며, 영국의 천재 시인 바이런은 "남자의 사랑은 그 생활의 일부이나 여자의 사랑은 전부다."라고 말했습니다.

이를 보더라도 남녀의 문제는 동서양이 별반 차이가 없어 보입니다. 그러나 서양의 남성들은 우리나라 남성들보다 매우 합리적이고 실체적이어서 고정된 관념의 틀에서 훨씬 자유롭다는 것을 알 수 있지요.

당신의 행복을 위해서라도 사랑하는 이에게 나를 맞춰라

문제가 있다면 문제의 원인을 칼로 무 베듯 확 잘라버려야 합니다. 그것을 알고도 행하지 않는 것은 어리석은 일이지요.

그런데 이를 알고도 고치지 못하는 사람들을 많이 보게 됩니다. 물론 습관처럼 굳어진 뿌리 깊은 생각을 단시간에 고친다는 것은 어려운 일입니다. 잘 고치는 이도 있겠지만 대부분은 쉽게 고치지 못합니다. 이는 사람마다 환경의 조건이나 성격이 다른 데서 기인한 것이겠지만 그래도 자신의 행복을 위해서라면 반드시 고쳐야 합니다.

서로 다른 둘이 만나 하나의 마음으로 행복하게 산다는 것은 세상 그 어떤 것보다도 어려운 일입니다. 그런데도 내 맘에 안 맞는다고 쉽게 속단하고 쉽게 이별의 노래를 부르지 마십시오.

사랑은 어려운 것입니다. 그래서 사랑은 달콤하고 매혹적인 것입니다. 매혹적이고 달콤한 사랑을 쉽게 얻으려고 하지 마십시오. 쉽게 얻는 사랑은 쉽게 달아나 버립니다.

당신의 하나뿐인 인생의 행복을 위해서라면 참고 인내하고 사랑하는 사람을 위해 당신을 맞춰주는 센스 있는 사랑을 하십시오.

권하는 자신이 왜 이번 인사에서 지방으로 발령을 받았는지 도무지 이해할 수 없었습니다. 자신은 나름대로 최선을 다했다고 생각했고 승진까지도 바라보았습니다. 그러나 그의 생각과 전혀 다른 결과가 나왔고, 권하는 이에 대해 즉시 부서장인 오 부장에게 이의제기를 했습니다.

"부장님, 저는 이번 인사조치를 받아들일 수 없습니다."

"그게 무슨 말인가? 받아들일 수 없다니?"

오 부장은 약간 당황한 듯 말했습니다.

"제가 왜 김천으로 가야 하는지 그 이유를 말씀해 주십시오."

권하는 한 점 흐트러짐 없는 자세로 말했습니다.

"인사야 내가 하는 게 아니잖은가? 그걸 내게 물으면 어떡하나? 나도 박 대리의 이번 인사에 대해 안타깝게 생각하네. 억울한 생각이 들더라도 그냥 따르도록 하게. 내가 어떻게 해서라도 다음 인사 땐 본사로 끌어올리겠네."

오 부장은 위로하며 말했지만 권하는 전혀 위로가 되지 않았습니다.

"말씀은 고맙지만 사양하겠습니다. 이번 인사에 대해 납득할 수 있게만 해주십시오."

"원 사람, 고집하고는……."

권하는 오 부장의 말을 뒤로하고 사무실을 나섰습니다. 그는 아무리 생각해도 납득이 안 됐습니다. 자신보다 근무 평점이 낮은 방명호 대리가 본사에 남은 것을 아무래도 이해할 수 없었습니다.

권하는 길을 걷다 눈앞에 보이는 카페로 들어갔습니다. 그는 도저히 이대로는 집에 들어갈 수 없어 빈속이지만 술을 마셨습니다. 아무리 마시고 마셔도 부글부글 끓어오르는 열을 도저히 식힐 수가 없었습니다.

권하는 자신을 찾는 친구의 전화도, 아내 지영의 전화도 일체 받지 않았습니다. 그렇게 한참을 있다 밖으로 나와 무작정 걸었습니다. 싸늘한 바람이 얼굴을 스치고 지나갔습니다. 술기운으로 열이 잔뜩 오른 그의 얼굴에 찬바람이 닿자 정신이 번쩍 났습니다.

"나쁜 놈의 새끼들……. 나를 철저하게 무시하다니……. 나는 최선을 다했다구. 내가 그동안 올린 성과가 얼마인데 나를 헌신짝 차버리듯 해. 그 회사 아니면 밥 못 먹고 살 줄 알아? 더, 더

러운 놈들 같으니라고······."

분노에 찬 권하의 눈에서는 눈물이 주르르 흘러내렸습니다. 억울했습니다. 너무도 억울해서 견딜 수가 없었던 것입니다.

입사 후 지난 4년 동안의 시간들이 파노라마처럼 스쳐 지나 갔습니다. 회사생활이 적성에 맞지 않았지만 권하는 최선을 다해 왔습니다. 그래서 잘나간다는 동기들과 나란히 승진도 했었는데······.

그러나 지금 그에게 돌아온 것은 견딜 수 없는 패배의식뿐이었습니다. 그는 연신 큰 숨을 몰아쉬었습니다. 그만큼 분노를 삭일 수가 없었던 것입니다.

걷다 보니 어느새 아파트 입구에 다다랐습니다. 아파트 입구에 서 있는 자신의 모습을 발견한 권하는 집으로 들어갈까 하다가 방향을 틀어 놀이터로 갔습니다. 술을 좀 더 깨서 들어갈 요량이었습니다. 자신의 추한 모습을 지영에게 보이고 싶지 않았습니다. 남편으로서 너무도 못난 자신의 모습을 보여주기 싫었던 것이지요.

그는 놀이터 그네에 앉아 하늘을 쳐다보았습니다. 밤하늘은 구름 한 점 없이 맑았습니다. 마치 푸른빛이 감도는 것 같았습니다. 바로 그 순간 얼마 전 지영과 했던 애기가 떠올랐습니다.

"나는 자기와 함께라면 자기가 뭘 해도 좋아."

지영이 회사생활의 어려움을 토로하는 권하에게 말했습니다.

"미, 미안해. 내가 공연한 말을 해서……"

권하는 말을 해놓고도 너무 미안했던 것입니다.

회사에 입사하기 전 권하는 하고 싶은 것이 따로 있었습니다. 그는 사진 작업을 하고 싶었습니다. 그러나 그의 형편상 직장생활을 안 할 수 없었지요. 개성이 강한 권하에게 직장생활은 잘 안 맞았지만 그에겐 어쩔 수 없는 선택이었습니다.

중학교 음악교사인 지영은 그런 권하의 마음을 너무도 잘 알고 있어 전부터 가끔씩 회사를 그만두고 사진 일을 해보라고 권유했지만 그때마다 권하는 단호하게 거절하였습니다. 남편으로서의 자존심이 허락하지 않았던 것입니다. 그랬던 그가 얼마 전 자신도 모르게 푸념 섞인 말을 했던 것입니다.

"뭐가 미안한데, 그런 말 하지 마. 저어……"

지영은 무슨 말을 하려다 얼버무렸습니다.

"무슨 말을 하려다 말아?"

권하는 지영의 얼굴을 살피며 말했습니다.

"아냐, 다음에……"

"……그래, 그럼."

생각에 잠긴 권하의 눈은 젖어 있었습니다. 그가 손수건을 꺼내 눈물을 닦고 마악 일어나려는데 지영으로부터 또다시 전화가 왔습니다.

"자기, 어디야?"

지영의 음성은 언제나 부드럽고 다정했습니다. 권하는 그녀의 음성을 듣자 가슴이 뭉클거렸습니다.

"으응, 다 왔어. 곧 도착할 거야."

권하는 이렇게 말하며 손으로 얼굴을 쓸어내렸습니다. 그러고는 아무 일 없었던 것처럼 집으로 가 현관 벨을 눌렀습니다. 문이 열리고 지영이 환하게 웃으며 그를 반겼습니다.

늦은 시각이라 다섯 살 은비는 꿈나라에 들었습니다.

"많이 늦었지? 미안해."

지영은 아무 말 없이 그를 끌어안았습니다. 갑작스런 그녀의 행동에 권하는 적잖이 당황했습니다. 전화도 안 받고 자정이 지나 들어와서 화를 내도 할 말이 없던 터인데 오히려 그 반대였으니 당황할 수밖에.

"아니. 아무 말 하지 마."

지영은 더욱 세게 팔에 힘을 주며 말했습니다.

얼마를 그대로 있었습니다. 권하는 아무래도 예감이 이상했습니다. 지영이 여느 때와는 다른 모습이었기 때문입니다.

"혹시, 무슨 일 있었어?"

권하는 더 이상 기다리지 못하고 물었습니다.

"자기, 오늘 무슨 일 있었는지 다 알아. 그러니 애써 아픈 마음 감추려고 하지 마."

지영의 말에 권하는 가볍게 몸을 떨었습니다. 잘못을 숨기려다 들킨 아이처럼.

전화를 해도 권하가 받지 않자 이상한 생각이 들어 물어볼 요량으로 남편과 가장 친한 양 대리에게 전화를 걸었는데 그때 알게 되었다고 했습니다.

"미안해. 내가 못나서……."

"그게 무슨 말이야. 자기가 왜 못나? 내겐 가장 잘나고 믿음직한 남편인데……."

권하의 말에 지영은 팔을 풀며 말했습니다.

"고마워. 그렇게 말해줘서……."

"자기두 참, 별걸 다 고맙다고 그래."

"아냐, 진심이야."

권하는 지영을 지그시 바라보며 말했습니다. 그에겐 너무도 사랑스런 여자였습니다. 권하는 늘 지영이 자신에겐 과분한 여자라고 생각하곤 했습니다. 그녀는 상냥하고 이해심 많고 권하의 마음을 잘 읽어 주었기 때문이지요. 그러니 권하에겐 최상의 여자일 수밖에요.

잠시 무언가를 생각하던 지영이 조심스럽게 입을 열었습니다.

"저어, 내가 무슨 말을 하더라도 화 안 낼 거지?"

"뭔데?"

"약속부터 해. 그러면 말할게."

지영이 엷게 웃으며 말했습니다.

"그래, 알았어."

권하의 말을 듣고 나서야 지영이 말했습니다.

그 말의 요지는 이참에 회사를 그만두고 사진 작업을 본격적으로 해보라는 것이었습니다. 집 걱정은 하지 말라는 말과 함께.

"자기도 내가 불쌍해?"

갑작스러운 권하의 말에 지영이 어색한 미소를 지으며 말했습니다.

"무슨 그런 말을? 지금은 형편이 예전보다 많이 좋아졌으니까 더 늦기 전에 자기가 정말 하고 싶은 일을 해보라는 거지."

"말은 고맙지만, 나는 가장이야. 가장이 손을 놓고 어떻게 자기가 하고 싶은 일을 할 수 있어?"

"자기 말도 옳아. 그치만 정말 후회하지 않을 일을 하란 말야. 그게 나도 원하는 일이거든. 진즉에 자기 일을 하게 했어야 했는데, 미안해."

"자기가 왜 미안해? 화 안 낸다고 약속했으니까 화는 안 낼게. 하지만 나 지금 많이 속상하다."

권하는 이렇게 말하며 욕실로 들어갔습니다. 지영은 권하를 애처로운 눈길로 바라보았습니다. '생각을 바꾸면 자신도 좋고 나도 좋을 텐데' 싶어 그의 지나친 보수적인 성격이 못내 안타까웠습니다. 그렇다고 해서 무리수까지 두고 싶지는 않았습니다.

권하는 세수를 하며 가만히 생각해 보니 자신이 너무도 한심스러워 한숨이 절로 났습니다. 오죽이나 자신이 못났으면 최고의 남편인 양 떠받들며 자신을 위해주는 지영에게 걱정거리만 안겨줄까, 하는 생각이 그의 가슴을 날카롭게 파고들었던 것입니다. 권하는 아무리 생각하고 또 생각해봐도 자신이 너무 한심한 사람이라는 생각밖에 안 들었습니다.

욕실에서 나온 권하는 아무 말 없이 침대에 누워 한참을 엎치락뒤치락한 끝에 가까스로 잠이 들었습니다.

다음 날 아침 출근을 하는 권하의 마음은 천근만근이었습니다. 어제 오 부장한테 했던 자신의 말이 경솔했다는 생각이 들기도 했고, '이참에 지영의 말대로 해?' 하는 생각이 교차되며 혼란스러웠습니다. 도대체 어떻게 해야 할지 그로서도 갈팡질팡이었습니다.

이대로는 죽어도 지방으로 갈 자신도 없고 또 한편으로는 지영의 말대로 자신이 회사를 그만둔다고 해도 어떻게 아무것도 안 하고 사진 일만 할 수 있을지 그것도 문제였습니다. 이런저런 생각으로 그날 하루가 일주일, 아니 한 달이나 된 것처럼 아득하게 느껴졌습니다.

어떤 선택을 하더라도 보름 안으로는 결정을 해야 합니다. 사실, 권하의 솔직한 심정은 퇴사를 하고 사진 작업을 하며 새롭게 변화된 인생을 살고 싶은 마음이 굴뚝같습니다. 하지만 그렇게 한다는 것이 왠지 남자로서, 그것도 가장으로서 비겁하다는 생각이 들었습니다. 이런저런 생각을 하는 사이 일주일이 바람같이 금세 지나갔습니다.

권하가 아무 말이 없자 회사에서는 인사 명령대로 그가 지방으로 전출을 갈 거라 믿고 있는 눈치였습니다. 권하는 입이 바짝바짝 마르고 조갈증이 나서 견딜 수가 없었습니다. 이젠 뭐든 결정을 내려야 하는 순간에 다다랐던 것입니다. 더 이상 그에겐 선택의 여지가 없었습니다.

"박 대리, 결정은 했어?"

권하의 심정을 잘 아는 양 대리가 걱정스럽게 말했습니다.

"그만둬야겠다는 생각은 굴뚝같아. 하지만 입이 떨어지지 않는다."

권하는 이렇게 말하며 목구멍에 술을 털어 넣었습니다.

"제수씨가 강력하게 원한다며?"

"그래도 그렇지, 양 대리라면 그렇게 하겠어?"

"못 할 거야 없지. 내가 박 대리라면 난 내가 하고 싶은 일을 하겠어."

"아무리 그 사람이 원하더라도 좀 그래."

"그것도 자격지심이야. 그 생각부터 바꿔. 그러지 않으면 박 대리도 제수씨도 다 힘들게 돼."

"자격지심이라고 했니?"

"그래. 박 대리가 제수씨 뜻을 따르지 못하는 건 가장으로서 자격지심일 뿐이야. 힘들겠지만 생각을 바꿔. 그러면 다 괜찮아진다고."

"양 대리, 자기 일이 아니라고 너무 쉽게 얘기하는 거 아냐?"

"아니, 난 진심으로 박 대릴 위해서 하는 말이야. 좀 더 솔직히 말하지. 우리 그 사람도 제수씨만 같았으면 좋겠다. 박 대리, 짜증 안 부리고 이해해 주는 것만으로도 감사하게 생각해야 돼. 말이야 바른 말이지 요즘 여자들이 어떤 여자들이냐. 그걸 생각해봐."

"……."

권하는 양 대리 말을 듣고 곰곰이 생각했습니다. 그의 말은 백번 옳은 말이었습니다. 근데 그걸 잘 알면서도 몹쓸 놈의 자존심이 고개를 뻣뻣이 세우고 치대니 이 노릇을 어찌 해야 할지 그로서도 대책이 서지 않았던 것입니다.

"박 대리, 미안한 얘기지만 박 대린 고정관념이 너무 강해. 그것이 박 대리의 마음을 가로막고 있어. 고정관념을 버리라고. 그러면 마음이 한결 달라질 거야."

"나도 알아. 그렇지만 생각처럼 잘 안 돼. 요즘 같아선 정말 돌아버리겠다."

권하는 깊은 숨을 몰아쉬며 창밖을 내다보았습니다. 그의 옆

얼굴엔 근심이 겨울 안개처럼 짙게 드리워져 있었습니다.

"박 대리, 마지막으로 한마디만 더 할게. 내가 이렇게 말한다고 욕을 해도 좋아. 다시 말하지만 나라면 내가 하고 싶은 대로 한다. 왜지 알아? 인생은 언제까지나 자신의 선택을 기다려주지 않으니까. 박 대리를 이해해 주고 강력하게 지원해주는 지영 씨를 믿고 결정해. 더 늦기 전에. 그게 최선의 선택이라고 생각한다."

양 대리는 권하의 착잡한 심정을 정확하게 짚어냈습니다.

"양 대리, 고맙다. 못난 나를 이처럼 생각해 줘서……."

"고맙긴. 좋은 선택이 있길 바란다."

누구보다도 권하에 대해 잘 알고 있는 까닭에 양 대리는 진심으로 그를 생각해서 말했습니다.

권하는 양 대리와 헤어져 집으로 오면서 곰곰이 생각했습니다. 남편으로서 아빠로서 그것이 온당한 일인지를. 그런데 아무리 생각해도 결론은 하나였습니다. 이제 더 이상은 망설일 여지가 없다는 것, 그것이 그가 할 수 있는 마지막 선택이었습니다.

다음 날 권하는 회사를 조퇴하고 춘천으로 향했습니다. 춘천은 지난날 연애할 때 지영과 함께 여행 갔던 곳입니다. 문득 그는 춘천이 가고 싶었습니다. 그 시절을 떠올리며 차는 회사 주차장에 그대로 둔 채 기차를 탔습니다. 서울을 벗어나자 꽉 막

했던 체증이 싹 가시는 느낌이었습니다. 그러자 마음 저 밑바닥까지 가라앉아 있던 우울증이 갑자기 사라지며 기분이 좋아지기 시작했습니다. 권하의 눈은 차창에 고정된 채 떨어질 줄을 몰랐습니다. 창밖으로 보이는 들이며 강이며 산이 하나같이 그의 마음을 포근하게 감싸주었습니다. 그대로 있는 것만으로도 그에게 위안이 되고 평안을 주었던 것입니다.

춘천에 도착한 권하는 택시를 타고 공지천으로 갔습니다. 그곳은 7년 전이나 지금이나 별로 달라진 것이 없어 더 친근감이 갔습니다.

그는 자판기에서 커피를 뽑아 들고는 벤치에 앉아 고요히 흐르는 강물을 바라보며 마셨습니다. 그가 앉은 자리는 권하에게는 깊은 사연이 있습니다. 그러니까 7년 전 이 자리에서 권하는 지영에게 사랑을 고백했습니다. 그때 지영이 활짝 웃던 모습이 자꾸만 생각나자 권하의 입가엔 잔잔한 미소가 번져났습니다.

권하는 오랫동안 생각에 잠겼습니다. 그는 가끔씩 고개를 좌우로 흔들기도 하고 고개를 끄덕이며 숨을 내쉬기도 했습니다. 그러다간 일어나서 이리저리 걷다가 자리에 앉기를 반복했습니다. 그러다 결심을 굳힌 듯 속으로 중얼거렸습니다.

'지영아, 고맙다. 그때나 지금이나 날 변함없이 사랑해 줘서……. 그런데 난 너한테 해준 게 별로 없어. 네 마음만 무겁게 해주고……. 넌, 내게 있어 정말 고맙고 감사한 사람이야. 지영아, 너를 위해서라면 뭐든지 하겠어. 내 자존심 따윈 쓰레기통에나 던져 버리겠어. 난 이제 새롭게 거듭날 거야. 더 늦기 전에 내가 하고 싶은 일을 하며 후회 없이 살겠어. 그리고 너에게 더 이상은 상처를 주지 않을 거야. 정말 잘할게. 나의 모두를 다 바쳐…… 정말 잘할게……. 지영아, 사랑해.'

권하는 지영의 뜻에 따르겠다고 생각을 굳혔습니다. 결심을 굳히자 남자의 자존심이 하루아침에 와르르 무너지는 것 같아 순간 자신도 모르게 짧은 한숨이 나왔지만, 그의 마음은 절대로 씁쓸하지 않았습니다. 오히려 시원하고 후련했습니다.

권하가 집에 도착하자 기다리고 있던 지영이 반기며 맞아주었습니다. 그는 지영을 똑바로 바라볼 수 없었습니다. 너무도 미안하고 고마웠던 것입니다.

권하가 씻고 나자 지영이 먼저 입을 열었습니다.

"결정했어?"

"……."

권하는 결심을 굳혔건만 막상 지영의 말을 들으니 선뜻 말을 할 수 없었습니다.

"이제 뭔가 결정을 해야 하잖아?"

"……."

권하는 지영의 말에 말없이 고개를 끄덕였습니다.

"다시 또 하는 말이지만 자기가 정말로 하고 싶은 대로 해. 그 게 내가 진정으로 원하는 일이야. 자기가 선택한 일로 우리가 경 제적으로 조금 힘들어진다고 해도 난 기꺼운 마음으로 받아들일 거야. 왠지 알아? 내가 사랑하는 남편이 선택한 일이니까……."

순간 권하는 전기에 감전된 듯 몸을 움찔거렸습니다. 경제적 으로 힘들어져도 기꺼이 감수한다는 말과 그 이유가 내가 사랑하 는 남편이 선택한 일이니까, 라는 말이 그를 감동하게 했습니다.

"후회 안 할 자신 있어?"

"응. 내가 원해서 하는 말이니까."

"고마워."

"그럼, 내 말대로 할 거지?"

"……그, 그래. 그렇게……."

권하는 고개를 끄덕이며 말했습니다.

"고마워."

"뭐가? 고마워할 사람은 난데……. 지영아, 고맙다."

"이제 뭔가 제자리를 찾는 기분이야……. 저, 자기는 자기가 하고 싶은 것만 해. 집안일에 신경 쓰지 말고. 살림은 지금처럼 아주머니가 할 거고, 은비는 어린이집에 보낼 거야."

"돈이 많이 들 텐데……."

권하는 걱정이 되었습니다.

"그건 걱정 마. 지금보다 조금만 더 아껴 쓰면 돼."

지영은 아무 걱정 말라고 미소까지 지어 보이며 말했습니다.

그러나 권하의 마음은 그게 아니었습니다. 자신이 할 수 있는 일을 할 참이었습니다.

"저어, 살림은 내가 할게. 나 자취했던 거 알지? 나 밥하는 거 잘해. 아주머니 대신 내가 할게. 대신 은비는 자기 말대로 어린이집에 보내. 내가 다 알아서 할게."

권하는 자신이 집안일을 하며 사진 작업을 할 생각이었습니다.

"자기 하는 일에 방해가 될 거야."

"아니, 그건 걱정 마. 내가 잘 알아서 할게. 내 생각대로 하게 해줘. 그래야 내 마음이 조금이라도 가벼워질 거 같아."

"그렇지만, 그건 내가 원하는 게 아닌데……."

"알아. 하지만 나를 위한다면 그렇게 해줘."

권하는 아주 진지하게 말했습니다. 그러자 지영은 더 이상 만류해 봐야 소용이 없다는 것을 알았습니다.

"알았어. 그럼 자기가 하고 싶은 대로 해. 그렇지만 힘에 부치거나 일에 지장을 받으면 언제든지 그만두고 자기 일만 하는 거야."

"알았어, 그럴게…… . 이해해 줘서 정말 고마워."

권하는 조금 전보다는 훨씬 가벼워진 마음으로 말했습니다. 그러고는 지영을 꼭 안아주었습니다. 아무리 부부라지만 그녀가 너무도 고마웠습니다. 하늘 아래 누가 그녀보다 자신을 이해해 줄까, 생각해보았지만 아무도 없었습니다. 그녀였기에 까다로운 자신을 받아줄 수 있다고 생각했던 것입니다.

그의 품에 안겨 행복한 미소를 짓던 지영의 눈에는 물기가 어렸습니다. 그동안 말은 안 했지만 마음 졸이며 지내온 시간을 생각하니 자신도 모르게 눈물이 났습니다. 그만큼 지영은 마음고생이 많았습니다. 권하는 지영이 소리 없이 울고 있음을 알면서도 모르는 척했습니다. 그녀의 울음은 이 세상에서 가장 아름다운 눈물이었습니다.

퇴직을 한 권하는 익숙한 솜씨로 밥하고 청소를 하며 집안일을 해냈습니다. 평일 아침만큼은 꼭 지영이 했고, 공휴일과 일요일은 권하가 부엌에 얼씬대는 것을 절대 용납하지 않았습니다.

한 달 정도는 힘이 들었지만 지금은 아주 익숙해졌습니다. 권하는 사진동호회에 가입해서 휴일은 사진작업을 하며 지냈습

니다. 그러자 그는 살 것만 같았습니다. 마치 갇혀 있다 풀려난 한 마리 새처럼.

그는 사랑하는 사람으로부터 적극적인 마음의 지원을 받으면서 자신의 일을 하며 산다는 것이 참 감사한 일이라는 걸 알았습니다. 그동안 권하의 얼굴은 몰라보게 밝아졌고 그의 성격 또한 매우 명랑해졌습니다.

그는 가부장적인 고정관념 때문에 지영의 요청을 쉽게 받아들이지 못해 오랫동안 갈등하고 번민했지만 그녀의 끈질긴 권유와 사랑으로 자신의 마음을 새롭게 바꾸었고, 그러자 삶이 즐거워졌습니다.

● ● ●

생각이 쿨하게 바뀌면 인생이 행복해진다

생각이 한곳에 고정되어 있어서는 새로운 인생의 길로 나아갈 수 없습니다. 시대는 끊임없이 변하고 새로운 옷으로 갈아입는데 낡은 도포자락을 휘날리며 살 수는 없습니다.

'새 술은 새 부대에'라는 말이 있습니다. 새 술을 낡은 부대에 담으면 묵은 냄새가 나지요. 그러기에 새 술맛을 잃지 않으려면 반드시 새 부대에 담아야 하는 것입니다. 시대에 뒤떨어진 낡은 사고, 해묵은 관습, 구태의연한 행위는 과감하게 바꿔야 합니다.

그 사람의 생각은 곧 그 사람 자체입니다. 그래서 그 사람의 생각을 읽으면 그 사람의 품성과 가치관을 알 수 있습니다.

우리는 누구나 지금보다 더 행복해질 권리가 있습니다. 그러나 그런 행복은 누릴 자격이 있는 사람만이 누릴 수 있는 인생의 선물입니다.

"여기에 대해 당신은 어떻게 생각하는지요?"

"네? 당신도 동의한다고요?"

"감사합니다. 역시 당신은 쿨한 사람이군요."

그러나 혹여, 여러분들 중 변화하기 전의 권하와 같은 생각을 가진 사람이 있다면, 지금 당장 당신의 생각을 바꾸십시오. 권하가 새로운 생각의 옷을 갈아입고 새로운 의미를 발견했듯 당신도 그런 사람이 되길 바랍니다.

인생을 쿨하게 사는 지혜

행복한 인생을 살기를 원한다면 고정된 관념의 틀에서 벗어나십시오. 이런 고정관념의 틀은 결혼생활에서 매우 두드러지는데 그 현상을 보면 꼭 옷은 최신 유행을 따랐는데 신발은 짚신을 신고 있는 격입니다. 이런 불균형적인 사고의 틀에서 반드시 벗어나길 바랍니다.

당신의 행복을 위해서라도 사랑하는 이에게 나를 맞추십시오. 사랑은 어려운 것입니다. 그래서 사랑은 달콤하고 매혹적인 것입니다. 매혹적이고 달콤한 사랑을 쉽게 얻으려고 하지 마십시오. 쉽게 얻는 사랑은 쉽게 달아나 버립니다. 당신의 하나뿐인 인생의 행복을 위해서라면 참고 인내하고 사랑하는 사람을 위해 당신을 맞춰주는 센스 있는 사랑을 하십시오.

생각이 쿨하게 바뀌면 인생이 행복해집니다. 생각이 한곳에 고정되어 있어서는 새로운 인생의 길로 나아갈 수 없습니다. 시대는 끊임없이 변하고 새로운 옷으로 갈아입는데 낡은 도포자락을 휘날리며 살 수 없듯 당신의 고정관념을 현실에 맞게 그때그때 바꾸기 바랍니다.

사랑하라,
오늘이 마지막인 것처럼

사랑하라
오늘이 그대 생애의
마지막인 것처럼

사랑하고 또 사랑하라
그대의 그대가 그대를 잊지 못하도록
열정과 기쁨으로
죽도록 사랑하고 사랑하라

사랑하라
미치도록 사랑하고 사랑하라
사랑하다 하늘이 무너져 내려
내일 지구가 흔적 없이 사라져 버린다 해도
뜨거운 가슴으로 빛나는 눈동자로
가장 아름다운 사랑의 말을 속삭이며
그대가 사랑하는 이에게
최선의 사랑으로 사랑하라

사랑하라
그대가 살아온 날 중
가장 행복한 마음으로
자신보다도 더 사랑하는 사람을 위해
그대의 맑은 혼을 담아
지금 이 순간에서 영원으로 영원히 이어지도록
목숨 바쳐 사랑하라

사랑하라
오늘이 그대의 마지막인 것처럼
사랑하고 또 사랑하라
그대의 사랑이 그대를 아프게 하더라도
그것이 진심이 아니라면
호흡을 늦추고 마음을 가다듬어
그대의 사랑을 용서하고 사랑하라

사랑하라
사랑은 후회의 연속이라지만
후회하지 않는 그대의 사랑을 위해
오늘이 가기 전에
오늘이 마지막인 것처럼 사랑하라

- 김옥림

부부로 살기로 했다

초판 발행 2021년 6월 21일
10쇄 발행 2023년 1월 17일

지은이　　김옥림
펴낸이　　김순일
펴낸곳　　미래문화사
신고번호　제2014-000151호
신고일자　1976년 10월 19일
주　소　경기도 고양시 덕양구 고양대로 1916번길 50 스타캐슬 3동 302호
전　화　02-715-4507, 713-6647
팩　스　02-713-4805
이메일　mirae715@hanmail.net
홈페이지　www.miraepub.co.kr
블로그　blog.naver.com/miraepub

ⓒ 김옥림

ISBN 979-89-7299-529-6 (03810)